Jean-Marie Biette

Mort à bout de course

Éditions ouest france

I

Dans la carlingue, Jimmy, avec ses trois appareils photo en bandoulière, s'époumone pour se faire entendre du pilote :

— Antoine, tu peux faire un premier survol en venant sous le vent du voilier ?

La voix posée mais quasi inaudible du pilote tranche avec les braillements du photographe. Ce qui fait sourire Sergio, le journaliste free-lance assis à la droite du pilote, muni, lui, d'un casque et d'un micro. Sergio est là pour enregistrer le premier « son » d'Erwan Sauzon, le jeune skipper en passe de gagner le Globe Race, la course autour du monde en solitaire, sans escale et sans assistance.

Gaëlle est la quatrième de l'équipage du petit coucou parti survoler *Cap Green*, le monocoque du leader de la course. Très calme, elle ne participe pas au concours de décibels. Elle fait plutôt parler son œil. Et ce dernier lui susurre à l'oreille de brancher sa caméra afin de ne pas manquer une miette du spectacle naissant en cette fin de belle journée de janvier.

L'océan, bleu marine, bercé par la longue houle de l'Atlantique, est aujourd'hui sublimé par un ciel pastel, éclairé d'un soleil couchant aux reflets rendus orangés par une épaisse bande de brouillard descendant du noroît.

— On dirait une aquarelle de Marie Laurencin, lâche dans un rire un peu gras le pilote, en souvenir de ses boums et des slows torrides rythmés par la voix de Joe Dassin.

— Tu ne peux pas la fermer un peu, supplie Jimmy. C'est beau comme un Monet et tu nous ramènes tes chanteurs à pattes d'eph'.

— Bateau dans le 290 à 2 milles, lance Sergio, clouant le bec des jacasseurs.

Fin de la récré.

Le soleil tombe assez vite sur l'horizon. Juste le temps pour ce coucou bimoteur d'effectuer deux ou trois survols, de filmer et d'enregistrer le skipper Erwan Sauzon pour son premier contact physique avec des terriens.

Sergio branche sa radio VHF sur le canal 76, celui de la course.

— Erwan de Sergio, tu nous reçois ?

La radio crachote, mais toujours pas d'Erwan, ni sur la VHF, ni en visu sur le pont du voilier.

— Putain ! lâche Gilles, le pilote.

Pas besoin de traduction. Cela signifie que de précieuses minutes sont perdues. Impensable de revenir sans images ni interview du voilier et de son skipper.

— Sergio de *Cap Green*...

Ouf ! Les quatre équipiers du coucou aperçoivent désormais distinctement Erwan Sauzon dans le cockpit de son bateau, une VHF portable à la main.

Les images sont vraiment sublimes. Sous le vent du voilier, en léger contre-jour, les objectifs peuvent graver des instants d'éternité. La performance exceptionnelle du jeune Erwan Sauzon est saluée par une lumière irréelle.

Et le voilier vert et noir, aux lignes tendues, file élégamment dans ce tableau, appuyé sur son foil jaune fluo. Prudent, Erwan Sauzon a laissé un ris dans sa grand-voile, mais sous génois J1[1], il file quand même à plus 25 nœuds[2], avec quelques embardées dans les risées, sous les nuages. Parfait pour la caméra.

1. Grande voile d'avant.
2. 45 km/h.

— Comment tu te sens Erwan, à la veille de remporter le Globe Race ? C'est géant, non ?

Un long silence suit, puis Erwan se lance :

— Ouais, c'est immense. Incroyable, tout se bouscule dans ma tête. Je suis tellement allé au bout de moi-même, je me suis fait si mal que je n'arrive pas à trouver les mots. La joie bien sûr, la fierté aussi. C'est bête, mais je ressens aussi une crainte, comme une peur d'arriver. Vous savez, on s'habitue à vivre avec soi, on s'habitue à cette violence, et je ne sais pas comment partager tout ça demain. J'ai la sensation d'être obligé d'atterrir. Mais bon, c'est quand même rien que du grand bonheur tout ça, conclut-il d'un petit rire un peu ambigu.

Ce rire traduit très certainement le mélange complexe de la joie simple du marin qui arrive en vainqueur à bon port et du stress surhumain de trois mois de course, dans ce bateau en carbone où un terrien normal ne supporterait pas le bruit incessant du choc des vagues plus d'une journée sans craquer.

— Erwan, comment te prépares-tu à vivre ta dernière nuit de course avant de couper la ligne d'arrivée en vainqueur demain matin ?

— Sur le plan maritime, la situation est très simple et tranquille. Vent de travers mollissant, donc je vais rester sous pilote avec le même jeu de voiles. En revanche, pas question de dormir, je vais garder les yeux rivés sur mes écrans et mes alarmes. Avec ce foutu brouillard, je dois veiller sur tous les pêcheurs et les cargos traînant dans le coin. Le dernier danger reste la collision.

— Et au niveau de la compétition, ce sera une nuit de rêve éveillé ? Le rêve de remporter le Globe Race à tout juste 28 ans, au sommet de l'Everest de la mer ! Ça ne donne pas trop le vertige ?

— Oui, le vertige, c'est bien ça, c'est la bonne image. Un rêve éveillé aussi, mais pas si paisible que vous semblez l'entendre. Vous savez, nous les marins, quand nous restons juste contemplatifs la nuit à regarder la lune ou la voûte étoilée, il ne faut pas se fier au calme apparent. C'est plutôt « tempête sous un crâne » qui se joue en fait. Mais ça ne s'explique ni ne se raconte. Ce qui se passe en mer appartient à la mer. Je vais juste me contenter de mimer mon père paraphrasant Thierry Rolland quand l'équipe de France de foot a remporté son premier Mondial face au Brésil : « Je crois qu'après ça, on peut mourir tranquille. »

Au sourire de Sergio, on sent que les « punchlines » du vertige au sommet de l'Everest des mers, comme on appelle le Globe Race, et cette histoire d'« après ça, on peut mourir tranquille » feront les délices des médias et des réseaux sociaux.

Un dernier survol, un petit coup d'aile en signe d'au revoir et d'amitié, et le bimoteur laisse Erwan Sauzon et son voilier dans son sillage pour une dernière nuit en solitaire et sans assistance.

La nuit est tombée, le vent mollit légèrement dans le noroît à environ 15 nœuds. Des conditions idéales pour filer sans encombre et sous pilote automatique vers la ligne d'arrivée. Dans l'intérieur spartiate de son monocoque, Erwan se prépare à cuisiner un dernier plat lyophilisé sur la minuscule gazinière du bord. Vu la taille du bateau, on pourrait s'imaginer un carré spacieux et confortable dédié au skipper.

Erreur ! Il n'y a ni véritable bannette, ni cabine, ni toilettes, ni douche. Seulement un intérieur noir carbone, un poste de pilotage bourré d'écrans et d'électronique et un vulgaire « pouf » empli de billes de polystyrène pour se reposer par tranches de 20 minutes, sauf calme exceptionnel pour faire une vraie nuit de trois ou quatre heures dans une couchette aux allures de simple et petit brancard.

« Tiens, j'ai envie de me faire un pavé de thon rouge au citron », se dit Erwan. Et de sortir d'un des rares rangements le plat en alu à réchauffer. Le jeune navigateur breton avise aussi une bonne bouteille de vin. « Une dernière nuit en mer, ça se déguste. »

Pour une fois, Erwan Sauzon « dîne » en extérieur, dans le cockpit de son bateau. Il a quitté son ciré. Avec son look de beau gosse surfeur bronzé, il rêvasse en admirant la lune qui joue à cache-cache avec les nuages bas, réussissant à percer le banc de brume à intervalles réguliers.

Le marin scrute aussi l'horizon. Il sait que la dernière nuit ne sera pas qu'une communion épisodique avec la lune. Il a un autre rendez-vous, totalement secret celui-là. Un rendez-vous à un point GPS bien précis avec son sponsor Jérôme Fouquet, son médecin, le professeur Quentin, son père Yann Sauzon et l'ami de ce dernier et ancien skipper Gilles Mauric.

Mais pourquoi une telle rencontre secrète et totalement interdite par le règlement de course puisque pouvant être assimilée à une forme d'assistance ? Susceptible donc de faire perdre Erwan Sauzon par élimination ! Il faut vraiment que l'enjeu soit de taille pour prendre pareil risque. Mais de taille, il l'est assurément. Il est même hors norme.

Des flashbacks remontent. Comme ce moment deux mois avant le départ du Globe Race, dans le cabinet du professeur Quentin, son médecin, connu de tant de voileux.

— Dis-moi Erwan, on me dit que tu as eu de gros coups de pompe lors des derniers entraînements...

— Non, rien de spécial, qui t'a raconté ces conneries ?

— Erwan, je te connais depuis quinze ans. Pas de ça avec moi, on t'a même vu quasiment t'évanouir sur le ponton lors d'un retour d'entraînement. Ta tension est basse. Je ne te sens pas, alors on va faire une batterie d'examens.

Erwan espérait que ses pépins de santé passeraient inaperçus. Raté. Ils se vivent désormais au présent. Il est 2 heures du matin, à un point GPS bien précis, à 80 milles (148 km) à l'ouest des Sables-d'Olonne, Erwan Sauzon continue de filer à environ 15 nœuds.

« Surtout ne pas ralentir afin de n'éveiller aucun soupçon chez tous ceux qui me suivent par AIS[3], sur Marine Traffic[4], à commencer par la direction de course », se dit le jeune skipper.

Tout d'un coup, des éclats blancs déchirent les bancs de brume de plus en plus poisseux et épais. Sans ralentir, un puissant canot pneumatique semi-rigide se met à couple du monocoque *Cap Green*. C'est Gilles Mauric qui pilote l'embarcation, propulsée par deux impressionnants moteurs noirs de 140 chevaux chacun.

La scène est surréaliste. En pleine nuit, la dernière du Globe Race, quatre personnes montent secrètement à bord du bateau dont l'étrave n'est plus qu'à quelques heures de la ligne d'arrivée. Les accolades succèdent aux embrassades. Jérôme Fouquet sort quelques verres et une bouteille de champagne. Yann Sauzon est pleinement rassuré par la bonne mine de son fils.

— Tu es rayonnant et ton œil est encore plus vif que lorsque tu allais naviguer au lieu d'aller au collège quand t'étais ado.

— Je confirme, lance le professeur Quentin. C'est un vrai petit miracle.

— Et promis, je ne l'ai jamais aidé en rien. Je n'ai pas touché à une écoute, une drisse, un winch ou à la barre, même s'il y a eu des moments vraiment rock'n'roll, où Erwan était KO debout.

La voix est celle d'Yves Mauric, fils de Gilles et ami d'enfance d'Erwan. Yves Mauric vient tout juste de sortir sa tête

3. Positionneur par satellite.
4. Application permettant de suivre les navires sur une cartographie.

t sa tignasse bouclée de ce qui tient lieu de cabine sur ces ngins de torture que sont les voiliers Imoca[5]. Mais si Yves ort de l'intérieur du bateau, c'est bien qu'il était à bord durant a course. Depuis quand ? Et pourquoi ?

Ils sont désormais six à trinquer dans le cockpit du bateau, quelques heures de l'arrivée de cette course théoriquement révue en solitaire et sans assistance. C'en est même la loi carlinale et la raison d'être. Mais alors pourquoi Erwan Sauzon, onnu et respecté pour sa droiture, son fair-play sur les plans l'eau, enfreint-il aussi délibérément le sacro-saint règlement lu Globe Race ? Pourquoi prendre un si gros risque à l'heure lu GPS, de l'AIS qui moucharde en direct et en permanence es bateaux ? Et qui plus est à l'heure des réseaux sociaux et de on tout à l'ego, des tribunaux populaires qui décident désornais, d'un battement d'aile, d'un pouce levé ou descendu, lu sort de ceux dont la vie y est exposée, comme jadis les ladiateurs dans les arènes romaines. Pourquoi avoir secrètenent embarqué un équipier, son ami Yves Mauric, autour du nonde avec lui ?

Les cinq « invités » de la nuit quittent le *Cap Green* au bout l'une demi-heure. Ils filent aussitôt à près de 30 nœuds, plein st, vers la côte et un site de débarquement isolé et discret.

Un dernier coup d'œil sur les instruments, sur les penons le la grand-voile et du génois J1, sur la lune, sur l'horizon, et rwan descend s'installer sur le siège baquet, face à sa table cartes, un nom bien désuet désormais. Son carré ressemble lutôt à un cockpit de commandant de bord sur un gros poreur, avec des écrans et des répétiteurs partout.

Erwan a du mal à « digérer » le passage de ses « invités » à ord. Même s'il est convaincu qu'il n'a pas triché avec l'esprit le la course, il a bel et bien enfreint le règlement dans sa lettre. t dans son cas, la lettre s'écrit avec un L majuscule !

. Bateaux du Globe Race.

— Je n'avais pas le choix, se répète-t-il, en tapant nerveusement du poing sur la planche où se trouvent le clavier et la souris de son ordi.

« Je n'avais pas le choix, martèle encore une plus grosse voix intérieure. C'était ça ou risquer de ne jamais courir ce foutu Globe Race, le rêve de ma vie. Et c'est si fragile une vie… »

Est-ce dû au stress de la rencontre nocturne interdite ? Ou à cette coupe de champagne et aux deux verres de vin ? Erwan ne se sent vraiment pas bien.

« Je dormirais bien un petit quart d'heure », se dit-il, avant de se répondre à voix haute :

— Non, il y a trop de trafic dans le coin, ce serait trop bête de risquer une collision dans cette purée de pois.

Jamais malade en mer, Erwan se sent nauséeux, a des frissons. Quelques gouttes de sueur perlent même sur son front.

— Je dois tenir, se dit-il, pris de soudains vertiges…

Le jour s'est levé. Le GPS du bord place la ligne d'arrivée à 8 milles dans le 80. À plus de 15 nœuds, c'est l'affaire d'une petite demi-heure. Le monocoque d'Erwan Sauzon est d'ailleurs rejoint dans ce petit jour brumeux par la vedette de direction de course, le canot pneumatique de son équipe technique et les vedettes des médias.

À bord des vedettes et semi-rigides, les journalistes essaient d'interpeller le jeune skipper en criant son nom. Les photographes veulent le premier cliché du lever du jour, avant le sacre du chenal des Sables-d'Olonne.

Mais Erwan n'apparaît pas sur le pont de son bateau. Son monocoque continue de filer à vive allure, sous pilote, vers la ligne d'arrivée.

— À tous les coups, Erwan se refait une beauté ou rase sa barbe. Mais le cabinet de toilette de ces rafiots, ce n'est pas vraiment le confort d'un palace, s'amuse Roland Jourdain, consultant de BFM TV.

À une centaine de mètres de l'arrivée, la nervosité gagne les bateaux accompagnateurs.

— Putain, mais qu'est-ce qu'il fait ? tempête son sponsor, Jérôme Fouquet. On va manquer l'image de l'arrivée, alors que toutes les télés et les radios sont en direct. Il ne s'est quand même pas endormi, ce con !

À bord des vedettes presse, les journalistes appellent Erwan par radio VHF afin qu'il prenne enfin la barre pour la photo souvenir. Pas de réponse.

À 7 h 54, *Cap Green* coupe la ligne d'arrivée en grand vainqueur. Mais où est son skipper ?

— Je crois pourtant avoir beaucoup d'imagination en la matière, mais là je ne pige pas le coup de com', s'interroge Loïck Peyron au micro de France Info. Ou alors il est vraiment rincé et il dort à poings fermés, comme un bébé, lance-t-il, hilare.

L'ambiance est certes à la stupéfaction – un vainqueur qui n'est pas à la barre ni sur le pont en franchissant la ligne d'arrivée, c'est du jamais vu – mais l'atmosphère reste plutôt bon enfant, parfois même à la rigolade.

Sur RTL, l'humoriste Laurent Gerra caricature déjà Erwan Sauzon en le surnommant le dormeur des Sables, pastichant *Le dormeur du val* d'Arthur Rimbaud. « Il avait deux boules Quies aux oreilles, nature berce-le chaudement, il a froid », assène-t-il encore pour meubler avant d'invoquer Baudelaire et d'imaginer le jeune marin ronfler après avoir un peu trop fêté sa future victoire : « Homme ivre, toujours tu chériras la mer… »

La ligne passée, les membres de son équipe technique, son père et quelques amis rejoignent le navire, mettent leur semi-rigide à couple et montent les premiers à bord.

Une sourde angoisse succède aux blagues bon enfant, car il ne sort toujours personne de l'habitacle du bateau.

— J'espère qu'il n'a pas fait de malaise ou une mauvaise chute, s'interroge Michel Desjoyeaux sur France 3.

Deux équipiers du team d'Erwan Sauzon sortent dans le cockpit. Leurs visages livides et inexpressifs ravivent encore l'inquiétude ambiante.

— Mais bon Dieu, qu'est-ce qui se passe ? hurle dans sa VHF le directeur de course, Jean Stavès.

Un des arbitres fédéraux, monté lui aussi à bord, lui répond finalement, la voix chevrotante :

— On l'a trouvé affalé sur sa table à cartes. Le professeur Quentin l'a ensuite allongé et lui fait des massages cardiaques.

Alors que résonnent en signe de victoire les cornes de brume des supporters d'Erwan Sauzon sur les jetées du port, l'ambiance vire au drame à bord de *Cap Green*.

— Mais bordel, dites-moi quelque chose ! vocifère le directeur de course. C'est la voix blanche de l'arbitre qui lui répond par radio.

— C'est fini Jean. Le professeur Quentin a tout tenté, en vain. Il n'y a plus rien à faire. Erwan est mort.

Alors que le bateau commence sa remontée du chenal des Sables, lieu habituel des triomphes romains des vainqueurs du Globe Race, salués par des cris, des vivats, des fumigènes et feux de Bengale, les bruits de la foule s'estompent peu à peu.

— Il ne faut surtout rien dire avant l'arrivée au ponton, indique Jean Stavès en VHF.

Mais le canal radio a beau être privé, beaucoup de marins sont à l'écoute.

— Trop tard, Jean, c'est déjà sur Twitter, coupe Helena, l'attachée de presse du Globe Race.

Et c'est dans un silence de cathédrale que le bateau remonte le chenal. Un jeune supporter a déjà eu le temps de taguer un immense « RIP Erwan » sur le quai, côté La Chaume.

Dans la foule, tout le monde n'a pas encore compris. Les cris d'effroi de ceux qui apprennent la terrible nouvelle en direct se mêlent aux maigres applaudissements de spectateurs n'ayant pas le nez en permanence sur leur smartphone.

Sur la jetée, un jeune homme met le fanion du Globe Race en berne sur un poster d'Erwan Sauzon. L'image, saisissante, est diffusée en direct sur toutes les chaînes.

Des bandeaux défilent sur les écrans : « Globe Race, la fête vire au drame », « Erwan Sauzon, le vainqueur, retrouvé mort sur son bateau », « En franchissant la ligne, Erwan Sauzon était mort… »

Et tout de suite, les premières spéculations voient le jour. Tout pourrait laisser croire à une mort naturelle. Pourtant, le début de l'enquête révèle déjà de vastes zones d'ombre.

« Le témoignage exclusif d'un préparateur de course au large fait état de problèmes de santé d'Erwan Sauzon apparus peu avant le départ du Globe Race », titre quelques heures plus tard *Voiles et Voiliers* sur son site internet.

II

— Bien monsieur le ministre, c'est clair, ni famille ni journalistes sur le ponton. Je transmets vos instructions aux gendarmes et à la direction de course.

— À quel ministre vous parliez, chère madame la procureure, vous qui allez avoir l'immense plaisir de vous retrouver sur toutes les chaînes infos pendant quarante-huit heures ?

La pique du commissaire du SRPJ n'atteint pas sa vieille complice procureure. Au volant de sa berline française de fonction, Aurore Quartier, brune, la quarantaine élancée, élégante et mince, en sourit même.

— Le ministre de la Justice pardi, mais pour la télé, vous vous mettez le doigt dans l'œil. Qui aurait l'idée saugrenue d'interviewer une petite procureure de province alors qu'il s'agit de la mort naturelle d'un jeune sportif au faîte de sa gloire ? On va avoir droit aux mêmes pseudo-spécialistes médicaux que lors de la Covid-19, sans oublier de vieilles gloires de la course au large, journalistes ou navigateurs, appelés à disserter à longueur d'antenne sur les raisons du décès d'un jeune skipper de 28 ans.

— Mort naturelle, vous avez l'air bien sûre de vous...

— Bah voyons Rochard, vous imaginez quoi ? Un vengeur mystérieux venu assassiner le futur vainqueur du Globe Race durant la dernière nuit de course, sans blessure ni trace de lutte ? Vous lisez trop de polars, mon bon ami !

— Un meurtre classique, certainement pas, vous avez raison, mais la voile est bien devenue un sport de très haut niveau, non ? Avec de gros enjeux financiers à la clé, il doit bien y avoir des affaires de pression ou de dopage, donc de santé, qui traînent, non ?

— Vous êtes sérieux là ?

— En tout cas, si vous ne demandez pas un minimum d'enquête, et peut-être même une autopsie, vous allez laisser libre cours à toutes les thèses conspirationnistes, et Dieu sait que les Sherlock Holmes des réseaux sociaux ne manquent pas d'imagination.

— Vous me mettez le doute, Rochard ! On sera aux Sables-d'Olonne dans vingt minutes, on avisera sur place. Mettez la radio s'il vous plaît.

Sur France Info, la journaliste Catherine Pottier assure le direct depuis Les Sables, une ville et surtout une course qu'elle connaît bien.

— Le bateau d'Erwan Sauzon est désormais tout proche du ponton du Globe Race. Un long ponton faisant face au village de la course, un ponton pour le moment désert, qui se remplira au fur et à mesure des arrivées. *Cap Green* vient de dépasser le cœur du célèbre quartier de pêcheurs de La Chaume, puis la capitainerie du port. La foule, immense, est recueillie. L'hommage est pour une fois silencieux, mais il résonne très fort dans tous les cœurs. Le silence est si puissant qu'on entend presque battre ce cœur du Globe Race. Comme toujours lors de la disparition de marins, la dignité est au rendez-vous. C'est triste et beau à la fois, cet hommage en forme d'adieu à l'âme d'un jeune skipper.

La procureure se gare assez brusquement derrière le plateau TV, à quelques mètres du fameux ponton Globe Race. Elle salue le préfet maritime, un lieutenant de la gendarmerie maritime et le commandant Vautier du groupement de gendarmerie de Vendée.

— Commandant, il faudrait sécuriser le bateau et effectuer un relevé d'empreintes pour le principe, on ne sait jamais.

— Madame la procureure, ça me paraît difficile. Il y a déjà beaucoup de monde à être monté à bord.

— Beaucoup de monde, c'est-à-dire ?

Le commandant affiche une moue d'impuissance pour avouer son ignorance du nombre exact. Avant que la procureure ne pique une de ses colères froides qui la font craindre de nombre d'enquêteurs, un jeune brigadier sauve la mise de son supérieur.

— J'ai tout noté, madame.

— Madame la procureure, rectifie le commandant.

Elle sourit devant la maladresse sympathique de ce jeune gendarme à l'air si juvénile. À la vérité, elle préfère cette franchise directe à l'obséquiosité pesante.

— Sont montés à bord, avant le chenal, le sponsor, Jérôme Fouquet, trois membres de l'équipe technique d'Erwan Sauzon, ainsi que le médecin personnel du marin, le professeur Quentin.

— Le médecin est encore à bord ? demande le commissaire Rochard.

— Affirmatif, bredouille le jeune militaire.

— Avec votre permission, madame la procureure, j'aimerais bien lui poser quelques premières questions.

— J'allais vous le demander, commissaire.

La carrure de rugbyman et un bon quintal donnent au commissaire Rochard un air de quinquagénaire un brin pataud au pied du monocoque *Cap Green* d'Erwan Sauzon. Le poids des kilos, le choc des abdos, enfin ce qu'il en reste !

Il ne semble savoir ni par où ni comment monter à bord, mais se refuse à demander de l'aide aux jeunes équipiers présents sur le pont, de peur d'y perdre autorité et crédibilité.

« Pourvu que je ne sois pas en direct sur une chaîne info », se dit-il, en s'arc-boutant à une filière pour monter à bord.

La scène est cocasse. À sa position, on dirait qu'il s'apprête à grimper une paroi de montagne. C'est là qu'il regrette toutes les patates douces commandées pour finir ses fameux filets mignons de la brasserie Napoléon, face au commissariat.

Tant bien que mal, le commissaire finit par se hisser à bord, aller jusqu'au cockpit et mettre sa tête dans la descente, donnant tout de suite sur la table à cartes et le corps inerte d'Erwan Sauzon.

— Professeur Quentin ?

L'homme, très grand, aux allures de druide avec ses cheveux blancs et sa barbe couleur de l'écume des vagues, est accroupi près du corps du jeune skipper. Il se retourne vers le cockpit :

— Oui, c'est pourquoi ?

— Commissaire Rochard, du SRPJ.

Sans s'embarrasser de préliminaires, Rochard va droit au but :

— De quoi est-il mort selon vous ? demande-t-il en désignant du doigt Erwan Sauzon.

— Pour moi, l'accident cardiovasculaire ne fait aucun doute. Je ne vois que ça comme explication pour un sportif de haut niveau de son âge. Crise cardiaque ou plus sûrement rupture d'anévrisme, qui peut être causée par un état d'épuisement physique et nerveux, accentué par le manque de sommeil. Durant ses entraînements, Erwan avait du mal à enchaîner des micro-siestes de vingt minutes, et c'est pourtant comme ça qu'un skipper solitaire doit gérer son sommeil, tant il y a de manœuvres à faire, de choix météo et tactiques à décider.

— Vous confirmez qu'il était en pleine forme avant le départ du Globe Race ? Je suppose que vous lui avez fait subir une batterie d'examens ?

— Absolument, et les examens d'Erwan n'ont rien montré de particulier. Un jeune sportif en pleine forme, comme je vous l'ai dit.

— Et ces résultats d'examens, ce bilan de santé, on peut les consulter ?

— Logiquement, ils sont protégés par le secret médical. Que cherchez-vous ? À faire naître des rumeurs ? À inventer de la boue à remuer ? Vous ne trouvez pas que la mort de ce jeune marin, dont je suis proche depuis ses 13 ans, est suffisamment dramatique comme ça ?

Le commissaire Rochard est très surpris de la réaction virulente du professeur Quentin. Il décide de garder l'hypothèse d'une autopsie pour lui. Mais son légendaire petit doigt l'alerte déjà d'un gros doute en ce début d'enquête.

— Alors commissaire, ce toubib ?

— Je ne le sens pas, madame la procureure.

— Comme d'habitude, vous doutez du monde entier ! Mais que dit-il ?

— Mort naturelle, sans doute une rupture d'anévrisme due à un épuisement physique et nerveux.

— Et ?

— Et il est très vite monté dans les tours quand je l'ai questionné sur le bilan de santé effectué par ses soins deux mois avant le départ. Trop soupe au lait pour être parfaitement honnête.

— En parlant de soupe, Rochard, je vous ai dégoté sur le site La Cuillère, le meilleur bar en croûte des Sables, à *L'Oya*, sur le quai en face du port de pêche. On s'y retrouve à 13 heures, après ma réunion de crise avec le préfet, le président du conseil départemental, le maire et le directeur de course.

— Des huîtres, ça passera sur la note de frais ? Huîtres et bar, c'est mon Red Bull à moi.

— Ça passe si c'est sans le « petit » verre de vin, sourit la procureure.

En attendant l'heure du bar, Rochard retourne au village du Globe Race, devant le ponton de course, histoire d'humer l'air de ce début d'enquête et ses possibles mauvaises odeurs. Avec ce soleil de janvier et la douceur du petit vent de noroît, la terrasse du bar de la course fait le plein. D'autant que l'accès au ponton est strictement interdit et gardé par les gendarmes.

Rochard finit par dénicher une petite table libre. Derrière lui, des jeunes gens discutent. Malgré le brouhaha, le commissaire attrape des bouts de phrases à la volée. Ils ont furieusement l'air de voileux. C'en est presque un cliché ! Bronzés en janvier, des fringues de marques Musto, Helly Hansen, Gill… des tee shirts à l'effigie des sponsors de leurs teams, des chaussures de pont avec lacets en cuir et d'épaisses lunettes de soleil capables de prévenir tout rayon de soleil au large, fût-il vert !

— Je devais aller chercher les voiles d'avant, dit l'un d'eux, mais un gendarme m'a empêché d'aller sur le ponton. Ils sont vraiment chiants ces pandores !

Rochard sourit. « Un homme disant spontanément du mal des gendarmes est forcément digne d'intérêt », s'amuse-t-il.

— L'ambiance était bizarre, poursuit le voileux. J'ai vu Fouquet, le sponsor, le père d'Erwan et les Mauric plus ou moins s'engueuler en descendant du bateau. Ils faisaient des grands gestes et ça avait l'air de barder.

« Je vais convoquer tout ce petit monde », se dit Rochard, attendant la suite de la conversation des voisins de terrasse. Mais de suite, en tout cas audible, il n'y en aura pas car une émission spéciale débute sur le plateau voisin de France 3.

Sur l'écran géant surplombant la scène, on revoit les images du bateau coupant, seul, la ligne d'arrivée. Le film glace les sangs car on sait maintenant qu'Erwan Sauzon était, à cet instant, mort à sa table à cartes. Et puis vient la longue remontée funèbre du chenal, entre La Chaume et le port de pêche des Sables. Impressionnant. Les cœurs battent plus vite, et bien des âmes chavirent.

— Avant d'écouter la traditionnelle, mais exceptionnelle en ces circonstances, vacation radio, je voudrais vous présenter notre invité. Il s'agit de Roland Jourdain, ancien concurrent du Globe Race. Roland, que ressentez-vous face à un tel drame ?

Roland Jourdain, que tout le monde surnomme Bilou dans le milieu de la course au large, a de faux airs de Bernard Lavilliers et des vrais airs de baroudeur. Double vainqueur de la Route du Rhum, son expertise est reconnue de tous.

— Vous savez, je connaissais bien Erwan Sauzon. Je l'ai vu débuter dans le circuit Figaro, puis en Imoca. C'est, enfin c'était quelqu'un de très doué, très volontaire et surtout un vrai marin, franc, solidaire et droit. Un perfectionniste aussi, parfois trop peut-être, ce qui l'empêchait de lâcher la pression en course.

— On nous dit que son médecin pense à un problème cardio-vasculaire, et peut-être à une rupture d'anévrisme. Qu'en dites-vous ?

Le visage toujours souriant de Bilou se ferme soudain.

— Je n'en sais rien, je ne suis pas médecin. Je sais seulement qu'il est arrivé que des joueurs professionnels de football meurent aussi en plein match. Il y aura forcément une explication, mais l'heure est pour le moment à l'hommage, au recueillement et surtout à l'immense peine de la famille et des amis d'Erwan Sauzon. Je pense à son père Yann, un ami et un concurrent sur l'eau pendant de longues années. Yann, on est avec toi.

La foule rassemblée devant l'écran géant applaudit les mots sensibles et justes de Roland Jourdain.

L'heure est désormais à la vacation radio.

Le directeur de course, Jean Stavès, la voix blanche d'émotion, annonce officiellement aux trente navigateurs encore en course la mort d'Erwan Sauzon, constatée après que son bateau a coupé en vainqueur la ligne d'arrivée de cette édition du Globe Race.

Tous les concurrents sont silencieux dans le recueillement. Seul le vétéran de l'épreuve, Jean Le Cam, laisse exploser sa colère et sa tristesse :

— Putain, bordel, ça fait trop chier. Si Dieu existe, il n'a vraiment pas de quoi être fier. Comment peut-on enlever la vie d'un jeune mec comme ça et lui voler sa victoire ? C'est trop dur, lâche-t-il par téléphone satellite.

Du Jean Le Cam pur jus, avec son cœur gros comme ça, avec sa gentillesse et sa gouaille.

— Avec un petit verre de Menetou-Salon rouge, s'il vous plaît. Même avec des huîtres, côté cépages, j'ai l'esprit large.

Le commissaire Rochard complète la commande de la procureure Aurore Quartier.

— Alors, cette réunion de crise ?

— Pesante, Rochard. Tous me demandent de ne pas lancer d'enquête et promettent de faire pression sur le gouvernement et même sur le président de la République pour qu'il en soit ainsi.

— Et alors ?

— Alors je dois avoir la Place Vendôme cet après-midi.

Rochard fait part du témoignage des voileux sur la discussion animée entre le sponsor, Yann Sauzon, Gilles Mauric et son fils Yves.

— Qui sont ces Mauric ? demande la procureure.

— Le père est un ami de Yann Sauzon, ancien skipper comme lui. Et le fils régate avec ou plutôt contre Erwan Sauzon depuis sa tendre enfance.

En l'écoutant, la procureure ressort et consulte quelques notes.

— Rochard, ces Mauric n'ont pas été mentionnés par le jeune brigadier dans la liste des personnes qui sont montées à bord. Vous pourrez vérifier ?

Le commissaire l'écoute un verre à la main, une huître dans l'autre, l'air ailleurs.

— Rochard, vous m'écoutez ou alors vous avez définitivement sombré dans la félicité gastronomique ?

— Chère Aurore, quelques huîtres, un bon cru, un bar, bref le bonheur, et vous venez le troubler avec vos histoires gendarmesques. Oui, je vais vérifier la liste des personnes montées à bord et les empreintes.

— Mon cher Éric, pardon de cette intrusion professionnelle dans ce moment de plénitude alimentaire. Si vous me donnez du « chère Aurore » en lieu et place de l'habituel « madame la procureure », c'est que votre cerveau est descendu dans votre estomac et qu'il convient de ne point le déranger, n'est-ce-pas ?

— Finement observé, madame la procureure. Notez qu'une petite lotte ne serait pas pour me déplaire ce soir. Un poisson aussi laid qu'exquis, dit goulûment un Rochard aux yeux rieurs, le visage espiègle.

En guise de réponse, la procureure se contente de lever les yeux au ciel.

La foule est de plus en plus nombreuse autour du village du Globe Race, mais aussi sur le port, les quais et partout aux Sables-d'Olonne. La mort d'Erwan Sauzon et les images de sa victoire posthume sont à la une de toutes les chaînes et des sites d'infos.

Le commissaire Rochard regarde ces grappes humaines avec une pointe de dégoût. S'il partage l'admiration des fans de la voile et du Globe Race, il déteste le voyeurisme. Combien sont venus depuis l'annonce du décès d'Erwan Sauzon. Beaucoup, beaucoup trop…

Un mail du commandant de gendarmerie lui apprend que des empreintes de Gilles et Yves Mauric ont bien été retrouvées à bord du bateau et, chose curieuse, aussi sur des verres sales dans un équipet, derrière le petit réchaud du bord. Elles accompagnaient sur ces verres celles de Jérôme Fouquet, le sponsor, du professeur Quentin, de Yann et d'Erwan Sauzon.

Le commissaire Rochard s'empresse de communiquer par SMS cette découverte pour le moins étrange à la procureure avant son échange téléphonique prévu avec le ministère de la Justice.

En début de soirée, la proc' répond à Rochard par un pouce levé en guise de smiley.

Puis vient le reste du message : « Heureusement que vous m'avez filé ces biscuits, car le dir' cab' du garde des Sceaux avait pour mission de me dire de stopper toute enquête. Du coup, j'ai eu le ministre au téléphone. Il nous permet de poursuivre nos constatations d'usage, mais discrètement. Et surtout pas un mot à la presse. Il me l'a répété trois fois, au cas où j'aurais mal compris. »

Au bar de son hôtel, Rochard regarde BFM TV. La chaîne info y est en boucle depuis le petit déjeuner. L'écran est suspendu dans un écrin de boiseries très maritimes, fait de vernis et d'étoffes. Une atmosphère rassurante et chaude pour les coups de tabac d'hiver.

Le professeur Quentin y est interviewé, en direct devant le ponton de la course. Avec ses faux airs de docteur Raoult, il ressert le même message :

— La mort naturelle est encore inexpliquée à cette heure. Elle est sans doute due à une rupture d'anévrisme, peut-être consécutive à un épuisement du skipper.

— Aucun signe avant-coureur lors des visites médicales ?

— Aucun, Erwan Sauzon était en parfaite santé avant le départ.

Relancé par la jeune journaliste sur le caractère exceptionnel du décès d'Erwan Sauzon dans une compétition de voile, le professeur Quentin laisse imperceptiblement paraître une pointe d'agacement.

— Mademoiselle, c'est peut-être exceptionnel mais pas du tout inédit dans le sport de haut niveau. Renseignez-vous, lâche-t-il sèchement. Il y a eu de nombreux footballeurs, comme Marc-Vivien Foé. Le joueur est mort sur le terrain d'un accident cardiovasculaire. Après autopsie, on a vu qu'il était probablement consécutif à une légère malformation cardiaque, indécelable avec des examens classiques. Mais on ne va pas faire passer une IRM cardiaque à tous les sportifs !

Tout d'abord agacé par les propos du professeur Quentin, qu'il ne « sent » décidément pas, le commissaire Rochard affiche une moue satisfaite.

— Il vient de prononcer en premier le mot autopsie, et publiquement, se dit Rochard, satisfait de ce qu'il considère être une erreur de la part du médecin.

Chez eux, dans leur appartement, Gilles et Yves Mauric regardent la même interview.

— Tu crois que c'est possible cette mort subite, Papa ? interroge le jeune Yves Mauric, dont l'épaisse chevelure bouclée cache presque des yeux bleu-vert, comme l'Atlantique entre deux grains. Une vraie bonne bouille de Breton !

— Je suis bien incapable de te répondre Fiston, lui répond son père, plus grand et beaucoup plus sec que son fils.

— Et pour sa maladie, la sclérose en plaques, tu crois qu'ils vont la déceler maintenant ?

— Non, rassure-toi, le médecin a trop à perdre. Il va conclure à une mort naturelle. Personne ne saura jamais rien de ton tour du monde avec Erwan.

— J'espère, car je ne me vois pas raconter ce que j'ai vu et vécu pendant le Globe Race. Tu sais, Erwan a eu de violents malaises, et je le regardais, impuissant. Il m'avait fait promettre de ne toucher à rien, même s'il allait mal. J'ai tenu parole, mais au risque de notre vie. C'était affreux Papa.

Yves est traversé de sanglots. Son père le prend dans ses bras, lui caressant le dos de sa main calleuse. Yves poursuit entre deux hoquets de détresse :

— Dans l'océan Indien, Erwan s'est évanoui en pleine manœuvre de prise de ris[6]. Nous étions dans un grain de 35-40 nœuds, la mer était énorme. Il faisait quasiment nuit en plein jour. Le pilote ne tenait plus le bateau, la grand-voile battait dans un bruit d'enfer. On a empanné, avec le foc à contre. J'ai vraiment cru qu'on allait casser la bôme ou démâter, qu'on allait y laisser notre peau. C'était l'enfer Papa.

Une nouvelle rafale de sanglots s'abat sur Yves, prisonnier de si lourds secrets, témoin impuissant de tant de souffrances.

6. Réduction de la surface de voile.

III

— Vous vous êtes rasé avec une biscotte ce matin ?

Le commissaire Rochard s'amuse de la vanne matinale de la procureure, confortablement assise dans la salle du petit déjeuner de l'hôtel de La Grande Barge.

— En parlant de ça, vous savez où est le grille-pain ?

— Au fond, près des jus de fruits. Au fait, vous avez vu la une d'*Ouest-France* ce matin, lui lance-t-elle en lui montrant la première page du quotidien ?

Un titre barre toute la une : « Erwan Sauzon, mort en bout de course ».

— Le préfet me demande d'ailleurs de participer à un point presse à 11 heures ce matin. L'objectif est, si j'ai bien compris, de balayer les premiers doutes ayant vu le jour çà et là sur certains médias. Le blog Mediarace a ainsi relayé le témoignage d'un médecin du sport, selon qui les premières conclusions du toubib du skipper sont, je cite, « hâtives et peu crédibles vu l'absence d'un examen approfondi, que seule une autopsie permettrait ». Il nous est demandé d'être solidaires du professeur Quentin.

— Ce n'est pas gagné, madame la procureure.

— Parce que vous accordez encore du crédit à ces médecins de plateaux TV ? Ceux-là même qui nous ont expliqué des mois durant que le port du masque ne servait à rien, avant de réclamer qu'il soit rendu obligatoire, sans parler de la controverse autour de la chloroquine et j'en passe...

— Non, loin de moi cette idée, mais vous devriez jeter un coup d'œil sur ce papier de *Voiles et Voiliers* paru sur leur site ce matin. Un marin connu dans le milieu, qui a préparé les bateaux des meilleurs skippers du circuit de course au large, témoigne des problèmes de santé d'Erwan Sauzon.

La procureure blêmit.

— Où avez-vous déniché ça, Rochard ?

— C'est Éloïse, ma fille. Elle est fan absolue de voile, de kite, de catas, bref de tout ce qui va sur l'eau avec des voiles et sans moteur. Elle m'a envoyé le lien vers le site de *Voiles et Voiliers* avec cette petite dédicace : « Tu devrais lire ça mon vieux papouille si tu ne veux pas être à la rue dans ton enquête. »

Et de montrer l'écran de son smartphone à la proc', qui ne peut réprimer un large sourire.

C'est la veille, à La Trinité-sur-Mer, qu'a été réalisée l'interview de Manu Perrin, le fameux préparateur de bateaux. Quand il n'est pas en mer, c'est dans ce joli port morbihannais surnommé la « Mecque de la voile », à une époque où il n'était pas encore périlleux de rapprocher les mots islam et voile, que Manu Perrin est basé.

« J'ai des trucs à dire sur Erwan », avait-t-il simplement laissé comme message, laconique, sur le répondeur de Bruno Ménard, rédacteur en chef du site internet de *Voiles et Voiliers*. « Au moins, en hiver, on peut se garer facilement sur les quais », s'est félicité le journaliste en arrivant. Et de reconnaître la silhouette de Manu Perrin derrière la vitre du célèbre bar-tabac que les habitués ont coutume d'appeler « Chez Jego », du nom de son fondateur.

Avec son visage anguleux, son regard perçant et la boucle d'oreille de vrai cap-hornier, Manu Perrin a de faux airs de Corto Maltese. Malgré ses soixante printemps, son goût pour les rhums arrangés et ses paquets de Lucky Strike, Manu affiche une santé et une mine rayonnantes.

Bruno Ménard le gratifie d'une accolade. Les deux hommes se connaissent bien, depuis le temps qu'ils se croisent sur les circuits de course au large.

Manu a l'âge d'avoir tout connu de l'essor de la voile française. Gamin, il a vu son père fêter la victoire de Tabarly contre les Anglais lors de la transat britannique en solitaire, la célèbre Ostar en 1964. Le temps de grandir, de gagner des régates en Optimist, puis en Moth et en 470 avant les entraînements d'hiver sur l'Armagnac familial, Manu a connu la première Route du Rhum en 1978. Il venait d'avoir son permis et est allé avec ses potes de la Trin' à Saint-Malo, à bord d'une improbable 404 hors d'âge. Ils y ont fait des fêtes mémorables, tout en admirant les bateaux et les marins de l'époque : Alain Colas et son trimaran *Manureva*, tristement célèbre du fait de sa disparition, Jean-Yves Terlain et le gigantesque monocoque *Vendredi 13*, Olivier de Kersauson et son trimaran de 23 mètres, révolutionnaire pour l'époque.

On prêtait moins d'attention à Saint-Malo au petit trimaran jaune Olympus photo du Canadien Mike Birch. Ce fut pourtant lui qui remporta une victoire historique, dépassant le long cigare de Michel Malinowski à quelques encablures de Pointe-à-Pitre en Guadeloupe, le devançant de 98 petites secondes sur la ligne d'arrivée. La légende des courses françaises écrivait ses premières lignes en même temps que les multicoques prenaient le pas sur les monocoques.

Manu devint ensuite équipier du même Mike Birch sur différents multicoques, avant de s'occuper de la préparation de ses bateaux. Surnommé « mains d'or », il n'a pas son pareil pour régler tous les problèmes, trouver les meilleures solutions. Ingénieux et rigoureux, il seconde à merveille les stars de la voile. Ses pas croiseront ceux de Florence Arthaud, Philippe Poupon, Franck Cammas ou encore Thomas Coville. Bref, Manu est la « pointure » recherchée. C'est en plus une référence, dont chaque parole est pesée. Pas le genre à parler à tort et à travers de ce qu'il ne maîtrise pas totalement.

C'est d'ailleurs ce qui a poussé Bruno Ménard à répondre positivement à l'invitation de Manu Perrin.

— Alors Manu, qu'as-tu de si important à raconter ?

— J'en ai marre de lire ou entendre qu'Erwan était en pleine forme avant le Globe Race, explique Manu Perrin. On est nombreux à La Trinité à savoir qu'il a connu de gros coups de mou quand il s'entraînait. Je me souviens même l'avoir vu une nuit descendre de son *Cap Green*, alors qu'il venait de regagner le ponton. Il marchait en titubant, s'est soudain écroulé à genoux avant de s'allonger.

— C'était quand ? interroge Bruno Ménard.

— Au moins trois mois avant le départ. Réveillé par mes ennuis de prostate, comme chantait le vieux Charles Aznavour, je me suis posté à ma fenêtre pour regarder le port éclairé d'une superbe lune rousse. Quand je l'ai vu, j'ai filé sur le ponton des Imoca et des multicoques pour lui venir en aide. Je me souviens l'avoir charrié : « Alors Erwan, on fête trop tôt la victoire au rhum ? » Mais le minot, d'habitude si gentil et souriant, m'a envoyé balader : « Casse-toi, tout va bien. Je n'ai pas besoin d'aide. » J'ai cru qu'il avait pété un plomb à force de fatigue et suis rentré me coucher.

— Peut-être qu'il avait juste pété un câble comme tu dis, à force de manque de sommeil ou d'hallucinations.

— C'est ce que je me suis dit aussi. Sauf que j'en ai discuté le lendemain avec Bob, tu sais le mec de son team qui dirige les manœuvres de départ et retour au ponton avec les bateaux pneumatiques. C'est un bon copain. Il ne voulait pas en parler, mais il a fini par me dire, gêné, qu'Erwan avait des malaises et semblait souffrir beaucoup, par périodes. Et puis il a surpris la copine d'Erwan parler au téléphone de maladie auto-immune et de problèmes de santé.

— Tu en es certain, Manu ?

En posant la question, le journaliste de *Voiles et Voiliers* connaissait déjà la réponse. C'était juste pour assurer et se rassurer. Il savait très bien que Manu n'était pas du genre à balancer ce genre de grenade dégoupillée sans avoir réfléchi aux conséquences et pesé chacun de ses mots.

— Évidemment que j'en suis certain. Et je n'en peux plus de voir ce professeur Quentin parader à la télé en affirmant qu'Erwan était en parfaite santé au départ du Globe Race. C'est impossible qu'il n'ait rien vu lors du check-up d'avant-course.

Bruno Ménard sort son ordinateur portable. Un tel témoignage mérite d'être retranscrit « à chaud ».

— Je te laisse, dit sobrement Manu, avant de rejoindre un autre habitué du bar-tab', Florent de Kersauson.

Frère d'Olivier, la ressemblance est d'ailleurs troublante, la même gueule et la même gouaille, Florent réside à La Trinité-sur-Mer. Il dirige un fonds d'investissement, mais est surtout connu dans le monde de la voile pour être un des créateurs et concepteurs de la Route du Rhum. Une paternité qui n'a toutefois jamais été officialisée, ni par l'organisateur officiel, ni par la justice.

Vu l'heure tardive, le journaliste décide de programmer la mise en ligne pour le lendemain vers 6 heures, afin qu'il obtienne le maximum d'échos.

Et le lendemain, la nouvelle fait comme prévu et très vite le tour du web, des réseaux sociaux, des journaux, des télés ou encore des radios : « Erwan Sauzon a connu des problèmes de santé avant le Globe Race ».

— C'est une bombe cet article, lâche la procureure. On va devoir tout vérifier. D'officieuse, l'enquête préliminaire va devenir officielle pour rechercher les causes du décès d'Erwan Sauzon.

— Je déteste les conférences de presse où l'on mélange tout le monde, peste le reporter de *L'Équipe*.

Dans une salle attenante au village du Globe Race, les journalistes viennent de comprendre qu'ils sont assis à côté de gens qui, normalement, n'ont rien à faire dans un tel cadre. D'une part car ils ne sont pas journalistes, mais surtout ils sont pour certains parties prenantes dans l'affaire qui va être évoquée par les autorités. Il y a là Yann Sauzon, le père du skipper décédé, son sponsor Jérôme Fouquet, des membres du team technique *Cap Green*, des arbitres fédéraux, etc.

Assis au milieu de toutes ces personnes, les journalistes font face aux « puissances invitantes », réunies derrière une grande table en long : il y a là la procureure, le préfet, le directeur de course, le médecin d'Erwan Sauzon. Là encore, le mélange des genres est pour le moins curieux. Alors que le préfet débute un discours convenu d'appel à la raison et de respect dû à la victime et à ses proches, il est brutalement interrompu par un journaliste radio de RTL.

— Professeur Quentin, maintenez-vous votre diagnostic après les révélations du préparateur Manu Perrin dans *Voiles et Voiliers* ? Cela semble difficile, demande Patrice Gabard, fin connaisseur du Globe Race, mais aussi des faits divers.

Beaucoup plus tendu que lors de ses précédentes sorties médiatiques, le médecin, d'habitude beau parleur, lit un texte plutôt laconique :

— M'attendant à votre question, j'ai préparé à votre intention une clé USB où figure l'intégralité des résultats de l'examen qu'Erwan Sauzon a subi deux mois avant le départ. Vous constaterez que le skipper de *Cap Green* était en parfaite santé, comme je continue de l'affirmer.

— Oui mais alors, comment expliquer tous les malaises décrits dans ce témoignage ? poursuit une journaliste de France 3.

— Très simplement. J'ai déjà indiqué qu'Erwan Sauzon connaissait des problèmes de gestion du sommeil. Il avait du mal à réaliser des micro-siestes d'une ou plusieurs dizaines de minutes, surtout lors de courtes sorties d'entraînement de 48 ou 72 heures. L'absence de sommeil peut provoquer au bout de seulement deux jours une très grande fatigue, des malaises et aussi des hallucinations. Pour vous en convaincre, relisez les livres de grands navigateurs, à commencer par Florence Arthaud. Elle décrit des scènes hallucinantes, c'est le cas de le dire, où les navigateurs discutent avec un équipier absent, où ils voient des rochers pousser devant l'étrave, etc. Ce que le témoin de l'article en question appelle « péter un câble » sans doute. Je m'étonne que des journalistes spécialisés et compétents comme vous devez l'être n'aient pas pensé ni évoqué cette hypothèse.

Au fil des questions, le professeur Quentin retrouve de sa belle assurance. Elle vire parfois à l'arrogance savante, ce qui a le don d'exaspérer le commissaire Rochard, à l'écart au fond de la salle.

— Et la maladie auto-immune dont parle la fiancée d'Erwan ?

— Dont parlerait, corrige tout de suite le professeur de médecine. Des maladies auto-immunes, il en existe des centaines, souvent gênantes, parfois graves et invalidantes. Bien sûr que certaines d'entre elles peuvent échapper à un examen clinique. Mais je suis certain que, si tel était le cas, Erwan, que je suis depuis ses 13 ans, m'en aurait parlé. Tout le monde sait que j'avais une profonde affection pour ce garçon. Il me l'aurait dit, tout comme à son père. Tout ça n'est pas crédible.

— Vous opposez-vous toujours à une autopsie du corps d'Erwan Sauzon ? demande un reporter de *Sud-Ouest*.

— Je ne m'oppose à rien du tout. Je dis simplement que procéder à une autopsie n'apportera rien, tout au plus une éventuelle malformation cardiaque indécelable sans IRM. Quant à la maladie auto-immune, il faudrait déjà savoir laquelle chercher, et c'est là encore quasi impossible. Ce que je sais en revanche, c'est qu'une telle autopsie engendrera un traumatisme irréversible pour les proches du skipper, à commencer pour son père Yann Sauzon. Mais c'est à la justice de décider.

Comme le craignait le reporter de *L'Équipe*, la conférence de presse perd de sa sérénité, plusieurs personnes présentes applaudissent le médecin.

— Madame la procureure, quelles sont vos intentions en la matière ? demande d'une voix forte un journaliste sportif d'*Ouest-France*, couvrant le brouhaha de la salle.

— Une autopsie sera bien réalisée dans le cadre de l'information judiciaire ouverte, précise-t-elle.

Elle est tout de suite coupée par une bordée de sifflets et de mots peu amènes envers la police et la justice. Sur son siège, Yann Sauzon s'agite.

— On ne touchera pas à mon fils, s'écrie-t-il. Pourquoi cet acharnement ? Je ne vous laisserai pas faire.

Habituée des situations tendues, Aurore Quartier réagit avec calme :

— Je comprends et compatis à votre douleur, M. Sauzon, mais rien, pas même des sifflets ou des menaces, ne doit ni ne peut entraver la recherche de la vérité. Nous la devons à votre fils autant qu'à votre famille. Certains éléments autres que le témoignage paru dans *Voiles et Voiliers* sont troublants et demandent à être vérifiés.

— Quels éléments ? demande une reporter de France Bleu.

— Vous le saurez sans doute dans les prochains jours, se contente de répondre la procureure. Je tiens aussi à vous informer que la ministre des Sports réclame que toute la lumière soit faite sur les causes du décès d'Erwan Sauzon. Je tiens à votre disposition la dépêche AFP, tombée il y a un quart d'heure environ.

— Jérôme, ici Gilles Mauric. On a reçu avec mon fils Yves une convocation pour 9 heures demain matin au commissariat des Sables. Il faut absolument que l'on se voie ce soir pour préparer nos déclarations.

Le message vient à peine d'être laissé sur le répondeur du sponsor Jérôme Fouquet que Gilles Mauric reçoit une réponse par SMS : « 20 heures chez moi, je préviens Yann et le toubib. En attendant, vous ne vous servez plus de vos téléphones portables. »

À l'heure convenue, le « club des cinq » se retrouve dans la villa cossue de Jérôme Fouquet, située un peu en retrait du bord de mer et du cœur de la cité. Le sponsor y a mélangé art déco et mobilier plus avant-gardiste. Assis dans un salon à l'atmosphère très maritime, entre des bibelots de fond de cale et des tableaux de Titouan Lamazou ou du regretté Jo le marin, les cinq qui avaient rejoint clandestinement le bord du bateau d'Erwan Sauzon la dernière nuit de course affichent une mine grave.

Yann Sauzon, père d'Erwan, rompt un silence pesant. Sa stature en impose. Grand, sportif, il a un charisme évident, avec un charme d'éternel adolescent que ses tempes grises trahissent à peine.

— Mes amis, les circonstances nous ont amenés petit à petit à faire une folie, celle de laisser partir Erwan courir un Globe Race alors que son début de sclérose en plaques présentait un réel danger. Mais, cette folie, je l'assume et on doit tous l'assumer. Ce Globe Race, c'était le rêve de sa vie. Nous l'avons juste aidé à aller au bout de son rêve, mieux même puisqu'il a gagné. Il en est mort malheureusement, c'est ce qui nous met tous dans cette terrible posture qui va nous contraindre à mentir, dès maintenant et pour longtemps. On doit le faire en mémoire d'Erwan. C'est un pacte que l'on doit passer ce soir entre nous cinq.

Tout le monde acquiesce du menton, en silence. Seul Yves Mauric laisse paraître des marques de nervosité, de panique même. Ses lèvres tremblent, tout comme ses mains.

— C'est impossible, lance-t-il. On finira forcément par savoir que j'ai fait le tour du monde à bord, que je suis monté sur son bateau dès la première nuit. Tout retombera sur moi et je serai à vie celui qui a aidé Erwan à tricher.

Les quatre autres adultes le scrutent, inquiets et gênés. À nouveau en sanglots, Yves Mauric secoue sa tignasse blonde et bouclée de jeune marin breton.

— Je ne le supporterai pas, je préfère mourir que d'affronter les torrents de boue qui vont me tomber dessus. J'irai me balancer à la flotte, sur le Nouch, près de la ligne d'arrivée.

Tout le monde attend une réaction de son père, Gilles. Mais ce dernier reste muet face aux noirs desseins de son fils. Sa silhouette sèche, taillée à la serpe, et son visage osseux, aux joues creuses, ajoutent à l'impression de malaise qu'il dissipe. Il est totalement dépassé par la situation. C'est Yann Sauzon qui se lève et vient prendre Yves Mauric dans ses bras.

— Yves, je t'aime comme un fils, tu le sais. Ne crains rien, on va rester unis. C'est un pacte de silence et de solidarité que l'on a passé ce soir. Il est indestructible, je te le promets. En mémoire d'Erwan, peux-tu nous raconter quelques-uns des beaux moments de mer que vous avez partagés ensemble, histoire d'adoucir un peu notre douleur ?

Yann passe la main dans les boucles des cheveux d'Yves, dont la peur panique cède peu à peu avec ces gestes de tendresse. Yann lui sourit. Dans son regard, Yves comprend qu'il l'implore de faire revivre son fils, au large, là où il était le plus heureux.

— Vous savez, c'était vraiment irréel. Au début, on ne parlait quasiment pas avec Erwan. Il n'a jamais vraiment accepté ma présence, qu'on a tous décidé de lui imposer, même s'il savait qu'elle était indispensable en cas de très gros pépin de santé. Il a toujours voulu faire comme si je n'étais pas là, ce que je respectais. Il était même gêné de ne pas pouvoir se parler à lui-même, comme on le fait en solo, pour s'engueuler d'une manœuvre ratée ou d'un mauvais choix météo, ou bien se féliciter après avoir signé le meilleur chrono du jour.

— Tu t'es vraiment sacrifié pour tous, Yves. Tu dois être fier de ton geste, c'est admirable, glisse Jérôme Fouquet, le sponsor.

Yves Mauric lui lance un regard ému, ses yeux bleu-vert embués, couleur glaz dirait-on en Bretagne.

— Je me souviens d'une nuit magique, c'était au portant entre Madère et la petite île de Porto Santo. La mer était calme, à peine ourlée d'une petite houle de nord. Elle était surtout argentée avec la pleine lune. Un vent doux de nordet, presque d'alizés, soufflait à 15-20 nœuds. Nous glissions à plus de 25 nœuds, c'était vraiment génial. Des dauphins sont venus jouer avec notre étrave, puis ils ont sauté comme pour fêter ce moment de grâce, laissant des sillages de planctons fluorescents. Un rêve éveillé, au milieu des lumières des îles et des odeurs de la terre. Erwan était à la barre. Je l'observais, il était parfaitement heureux, en harmonie avec le bateau et les éléments. J'en étais jaloux, coincé au fond du cockpit à le regarder en silence.

Yann Sauzon boit les paroles d'Yves, ressentant presque la chaleur du bonheur éprouvé par son fils, à cet instant, entre Madère et Porto Santo.

— Il y a eu aussi le passage du cap Horn. Erwan redoutait de le passer par beau temps. Il voulait le vivre durement, comme dans ses livres d'aventure lus quand il était ado. On peut dire qu'il a été servi. On l'a doublé assez près, dans des grains noirs à plus de 40 nœuds. Avec trois ris et une trinquette, on surfait dans la houle immense. Et tout d'un coup, un grain s'est déchiré, laissant voir le fameux caillou. C'est à ce moment que j'ai pris cette photo présentée comme un selfie.

À cet instant, Yann regarde la photo, publiée des centaines de fois dans la presse et sur le web. Photo dont il a fait un tirage. Elle trône désormais au-dessus de la cheminée où crépitent trois grosses bûches. Il y revoit son fils Erwan, éclatant de santé et de beauté sportive, avec un look de surfeur musclé.

Yann Sauzon se lève à nouveau pour aller embrasser Yves. Seul Gilles Mauric ne semble ressentir aucune émotion, l'air étrangement absent. La baie vitrée donne sur un palmier éclairé d'une douce lumière crémeuse. Jérôme Fouquet se racle la gorge, comme pour rompre la nostalgie doucereuse.

— Doc, que peut donner cette satanée autopsie, peuvent-ils découvrir quelque chose ?

La tension regagne le salon.

— Non, pour moi ils vont regarder le cœur, peut-être réaliser une IRM. Soit il y aura une légère malformation cardiaque et ils expliqueront le décès ainsi. Soit ils verront les traces d'une rupture d'anévrisme. Mais je doute qu'ils trouvent une sclérose en plaques. Si personne ne l'évoque, et c'est primordial, il faudrait passer une IRM du système nerveux central pour y trouver des lésions. Et pour en être certain, il faudrait aussi effectuer une ponction lombaire et analyser le liquide céphalo-rachidien. Je doute qu'ils en arrivent là.

— Mais alors, comment vont-ils expliquer le décès ? demande Gilles Mauric que l'on n'avait pas entendu depuis le début de la soirée.

— Comme moi, par une rupture d'anévrisme ou un malaise cardiaque. La seule chose qui me chiffonne, c'est qu'Erwan avait l'air plutôt en forme quand on l'a vu. Mais il a peut-être eu une poussée douloureuse durant la nuit, réveillant l'immense fatigue de trois mois de course. De toute manière, il n'existe aucune autre explication plausible.

— O.K. doc, tout me semble clair de ce côté-là, résume Jérôme Fouquet. Yves, je t'ai mis comme salarié dans ma boîte de location de voiliers à Saint-Martin jusqu'à début janvier, là où tu as bossé les dernières saisons d'hiver. Tu connais le coin et les gens, pas difficile pour toi de donner le change. Comme c'est sur la partie néerlandaise de l'île, la police française aura du mal à fouiller là-bas. Ils sont très mal vus.

— Et pour la location du semi-rigide ? questionne Gilles Mauric.

— Pas de souci. Il était sur l'eau au moment de l'arrivée. On va d'ailleurs apparaître sur les images de la télé. Tu l'as loué pour aller en mer accueillir Erwan.

Les cinq passent en revue toutes les questions que pourrait poser la police, avant de se quitter en se promettant de ne plus en parler par téléphone, de peur d'être sur écoute.

De l'autre côté de la ville et du chenal, Rochard retrouve une vieille complice, la commissaire des Sables-d'Olonne Nathalie Morin. Il attend de ces retrouvailles, dans une des meilleures tables de La Chaume, force plaisirs gustatifs mais aussi d'énormes fous rires. La commissaire Morin ne se contente pas de ressembler comme deux gouttes d'eau à l'actrice Josiane Balasko, elle en a aussi la gouaille et l'humour.

— Je prendrais bien un verre de bon vin rouge en apéro, attaque Rochard en guise de bonjour. Histoire de se réchauffer. Un bon Bourgogne ?

— Tu veux la guerre ou quoi ? s'exclame Nathalie Morin. Ici, un Bourgogne, et pourquoi pas un vin australien ?

Se retournant vers le bar, elle hurle au taulier :

— Marc, tu nous mets une bonne boutanche du domaine des Cousins s'il te plaît ? Un vin du coin.

— J'avais dit un verre, corrige Rochard.

— Je te connais, avec toi le vin se multiplie comme les petits pains.

— Parce que vous savez faire du vin maintenant en Vendée, provoque Rochard. Je me souviens de mon père quand on venait en vacances ici. Après une bouteille de fief vendéen, il avait toujours la même réflexion : « Vite bue, vite oubliée ! »

— Ferme plutôt ton claque-merde et goûte-le sans faire de chichis.

Le commissaire Rochard prend des grands airs d'œnologue, fait tourner le vin dans son verre, le hume longuement, le goûte enfin. Nathalie Morin et l'aubergiste le fixent, guettant, inquiets, sa première réaction.

— Je retire ce que j'ai dit, lâche Rochard. Il est bon, même très bon.

— Je préfère ça, sourit Marc derrière son bar. J'avais sorti le nerf de bœuf au cas où vous n'auriez pas aimé.

Rochard ne relève pas la provocation. Il sait d'ailleurs qu'il convient d'agir ainsi à La Chaume, où les habitants aiment à entretenir de manière amusée leur réputation de rudesse.

— Quels sont les cépages de ce nectar? poursuit le commissaire du SRPJ.

— Alors déjà, apprenez mon ami que ce vin n'a pas attendu la vogue des bobos urbains pour être entièrement bio. Ici, on travaille les sols en traction animale. Pour les cépages, il y a du chenin, du chardonnay, du pinot noir, du cabernet franc et, cerise sur le gâteau, de la négrette.

— Avec un nom pareil, ce cépage a certainement été amené par les Nantais après leur commerce triangulaire, s'amuse la sœur jumelle de Josiane Balasko.

— Mais tais-toi donc vipère, rétorque en se marrant le patron. Tu veux qu'on fasse fermer ma taule pour propos racisés ? La négrette est un vieux cépage qui vient du Sud-Ouest, banane !

La discussion se poursuit sur le début d'enquête, ce qui 'amuse pas vraiment Nathalie Morin.

— Tu m'étonnes que ta femme se soit tirée. Si tu causes oulot à table, c'est plus ambiance bonnet de nuit que very ad trip !

— Alors, un, ma femme s'est tirée car elle en a trouvé n plus beau que moi, ce qui n'était pas très difficile tu en onviendras. Et de deux, je suis très heureux comme ça. Et toi, oujours à la colle avec Jean-Christophe, ton David Guetta de aint-Gilles-Croix-de-Vie ?

Nathalie pouffe de rire.

— C'est pourtant vrai qu'il est gonflant à se croire obligé e mettre sa musique partout et tout le temps. Et le tout avec on sempiternel survêtement à trois bandes. Je te le concède, e n'est pas Brad Pitt. Mais que veux-tu, je m'y suis habiuée, comme à un vieux chien. Il est attachiant comme on it. Et d'ailleurs, mon vieux chien est mort. Je ne dis pas que e n'aurais pas préféré l'inverse, lance-t-elle dans un énorme clat de rire.

Le commissaire Rochard est aux anges. C'est cela qu'il herche avec sa collègue des Sables : des moments de franche étente, de politiquement parfaitement incorrect, d'amitié sans alcul, de fuite de la gravité des imbéciles et autres pisse-froid. Mais attention, a-t-il coutume de dire, Nathalie Morin peut aire la clown à table, c'est l'une des meilleures flics qu'il onnaisse. Elle ne lâche jamais rien, avec un flair incroyable.

En goûtant un 100 % négrette, Nathalie Morin réclame un out de « bandard » comme elle dit. Réplique instantanée du ulier :

— T'as qu'à croire que le saucisson est un fruit qui pousse ans le saucissonnier !

Rochard éclate de rire. Il avait oublié le fameux parler chaunois, si fleuri et imagé.

— Marc, si je nous offre à nous trois une petite poire ou un eau-de-vie du coin, vous nous raconterez d'autres histoires e chaumois ?

Et c'est parti pour le show chaumois ! Le taulier s'attable goûte sa poire et prend un air inspiré.

— Hier, deux pêcheurs chaumois discutent. L'un d'eu vante la quantité de ses prises. Et l'autre lui dit : « Vérole t'as qu'à croire que nous on en a pris le double, mais attention il nous a fallu naviguer très loin au large. Tellement loin qu'o est sortis de la géographie, on n'était plus sur la carte ! » E l'autre pêcheur de rétorquer : « T'as qu'à croire que c'est pa possible vu que les araignées qu'on a pêchées, elles étaient tel lement grosses qu'on a dû les charger sur un âne et, véruse, e descendant la venelle de la rue du Moulin, les pattes, géantes faisaient des étincelles en traînant par terre. »

Après moult histoires, Nathalie Morin se lève pour siffle la fin de la récré !

— Vous, je ne sais pas, mais moi je vais aller mettre l viande dans le torchon. Et puis y a école demain, pas vra Rochard ?

Le taulier salue la commissaire Morin.

— En arrivant au boulot demain, tu peux toujours leu raconter celle-là : t'as qu'à croire qu'on a pêché un crabe tel lement gros qu'on a mangé à huit dessus pendant une semain entière, matin, midi et soir. Et avec la carapace, on a fait un niche pour le chien.

Et Rochard de se gondoler comme une baleine en sortan du restau…

IV

— Café ?

Le visage fermé et les mâchoires serrées, Gilles Mauric refuse la proposition du commissaire Rochard.

— Vous avez raison, on ferait mieux d'inscrire « jus de chaussettes américain » sur ce distributeur à café.

Mauric n'esquisse pas le moindre sourire à la blagounette matinale de Rochard. Il tapote nerveusement le sol avec ses bottes de marin en cuir délavé.

— Commissaire, puis-je savoir pourquoi vous m'avez convoqué ? demande-t-il, sans cacher son exaspération.

Rochard, qui en a vu d'autres, lui balance le classique :

— Mauric, les questions, ici, c'est moi qui les pose, O.K. ?

La commissaire Morin passe une tête dans le bureau, juste histoire de voir si son collègue « Rochard » est bien installé pour mener ses interrogatoires. Sans échanger la moindre parole, Rochard comprend sa question et la rassure en acquiesçant du menton.

— M. Mauric, êtes-vous monté à bord du bateau d'Erwan Sauzon le jour de son arrivée ?

— Non.

— Vous démarrez mal la journée Mauric, plusieurs témoins vous ont vu sortir du bateau au ponton.

— Pour moi, monter à bord signifiait juste avant le chenal, pas sur le ponton, répond sèchement l'ancien skipper.

— Impossible, l'accès au ponton était interdit par deux gendarmes, répond calmement et avec un demi-sourire Rochard, comme pour tuer dans l'œuf la tension que tente d'installer Mauric.

— Pas du côté gauche, commissaire. Près du quai, il y a un petit ponton pour amarrer les annexes qui communique avec le ponton principal de course. Vérifiez si vous le voulez, lâche, sarcastique, l'habitué du port.

Rochard fulmine intérieurement contre les gendarmes « qui ont dû zapper » cet autre accès.

— D'accord, mais ça ne change rien au problème. Qu'êtes-vous allé faire à bord du bateau d'Erwan Sauzon ?

— Rien que de très normal, commissaire. Avec mon fils Yves, nous sommes allés saluer Yann Sauzon, dont nous sommes très proches. Nous reprocheriez-vous de montrer de l'affection à un ami dans la détresse ?

Dans son for intérieur, Rochard regrette les verres bus la veille et les histoires de « t'as qu'à croire » à La Chaume. Il les rend coupables de ce début d'interrogatoire peu inspiré. « Concentre-toi bordel », se dit-il. Il boit la fin de son infâme café, se racle la gorge et se décide à aller droit au but :

— Ne cherchez pas à jouer au plus fin avec moi, Mauric, attaque-t-il sans sommation. Comment expliquez-vous alors que l'on ait retrouvé vos empreintes sur des flûtes de champagne en plastique à bord du bateau ? Vous qui vous drapez dans votre dignité d'ami parfait venu soutenir un proche dans le malheur, vous conviendrez avec moi que l'heure n'était pas à trinquer au champagne le matin de l'arrivée d'Erwan Sauzon et de la découverte de son corps sans vie.

Rochard fixe attentivement Gilles Mauric. Va-t-il vaciller, même imperceptiblement, pour expliquer la découverte ? Bien au contraire, Mauric reste parfaitement impassible.

— Aucune idée, comme ce n'était pas le jour de l'arrivée, ça devait être avant le départ, précise-t-il, calme et froid.

— Ben voyons, s'emporte Rochard. Erwan Sauzon a dû garder les verres sales en guise de porte-bonheur ?

Et la voix intérieure de Rochard de reprendre de plus belle : « Décidément, t'es mauvais comme un cochon ce matin. Il a aison Mauric, ça ne prouve rien, et un marin peut parfaitement oublier quelques verres dans un rangement caché. » Il gardé une dernière cartouche pour Gilles Mauric. Mais là ncore, le pétard s'avère mouillé.

— Vous avez loué un très grand canot pneumatique semi-igide avec deux moteurs de 150 CV. Ce n'est pas un peu rand et puissant pour juste sortir du chenal accueillir un ateau ? Et sans doute un peu trop cher. Je n'ai pas entendu ire que vous rouliez sur l'or.

— Monsieur le commissaire, quand j'ai décidé de louer le ateau, je ne connaissais pas la météo, le temps qu'il ferait l'arrivée d'Erwan. Si vous étiez habitué aux choses de la ner, ce dont je doute vu votre question, vous sauriez qu'en iver, il faut prévoir grand et puissant pour sortir du port des ables-d'Olonne. La mer y est souvent très mauvaise et même neurtrière. Et pour le coût de la location, rassurez-vous pour a bonne santé de mon livret A, c'était pris en charge par le ponsor Jérôme Fouquet.

Fermez le ban ! Rochard met fin à cet interrogatoire, sentant ien qu'il a perdu la partie. Ce Mauric est sans doute une ausse piste de début d'enquête. Et pourquoi en voudrait-il à rwan Sauzon après tout ? Il n'y a pas de raison apparente. Non, trop fragile tout ça.

Seul dans ce vaste bureau mis à sa disposition par le commissariat des Sables-d'Olonne, Rochard est perdu dans ses ensées. Il voit mentalement la pelote de laine qu'est censée eprésenter l'enquête autour de la mort d'Erwan Sauzon. Et il 'imagine tirer sur le premier fil, bloqué par un gros et vilain œud.

La sonnerie WhatsApp de son téléphone portable le sort rutalement de son exercice cérébral.

— Madame la procureure, que me vaut l'honneur ? Et surtout pourquoi un appel vidéo ?

— Bonjour Rochard, c'était juste histoire de voir votre tête. La commissaire Morin m'a raconté votre dîner paraît-il aussi arrosé qu'une giboulée de mars, hier soir à La Chaume.

— Avec de telles giboulées, on va tout droit vers la pire des sécheresses, s'amuse Rochard. Morin a encore exagéré.

— N'empêche, je vous trouve une petite mine, vous avez l'air soucieux.

— Rien à voir avec la virée chaumoise, madame la procureure. C'est plutôt mon interrogatoire de ce matin qui a fait chou blanc. Gilles Mauric a réponse à tout, pour les empreintes, sa présence à bord ou la location du puissant canot semi-rigide. Et ça me semble plutôt crédible.

— Ne faites pas cette tête de Calimero, Rochard. J'ai du nouveau pour vous. Le parquet financier vient de m'envoyer une note troublante concernant le sponsor Jérôme Fouquet et ses activités à la tête de *Cap Green*. Il semble que le développement soit surtout durable pour son portefeuille à ce brillant chef d'entreprise à la fibre écologiste.

— Encore un tartuffe ? interroge le commissaire Rochard, déjà excité à l'idée d'épingler ce qu'il imagine être un tenant du politiquement correct donneur de leçons, soit à peu près tout ce qu'il déteste.

Selon lui, l'écologie est une chose réellement trop importante pour la laisser aux seuls écologistes de profession. « Aux ayatollahs verts », ajoute-t-il lorsqu'il est vraiment énervé.

— Ah ! Ne commencez pas, Rochard, avec votre numéro de vieux réac. Si les écolos, comme vous dites, n'avaient pas été là pour alerter et crier dans le désert, vous en seriez encore à regarder la planète comme une gigantesque pompe à essence.

— Vous ne me comprenez pas, madame la procureure. Vous avez évidemment raison, mais ce qui m'agace, ce sont les cyniques et profiteurs qui sentent le bon filon vert et agitent le drapeau écologique juste pour le pouvoir ou l'argent.

— C'est bien, vous commencez à progresser Rochard. Je vous envoie la note du PNF par mail. Prenez le temps de l'éplucher et on en reparle.

Et cette note est édifiante. On retrouve le nom de Jérôme Fouquet dans une liste de généreux donateurs du Parti populaire nationaliste français (PPNF) de Marianne Sergent. Et, cerise sur le gâteau, à travers un compte ouvert à l'étranger dans un paradis fiscal ! Ennuyeux mais habituel pour un parti politique, fût-il nationaliste. Mais surtout très embêtant pour ce Jérôme Fouquet, dont la société Cap Green travaille au « verdissement » de nombreuses collectivités locales, la plupart dirigées par une alliance entre gauche traditionnelle et écologistes. Une telle révélation ferait plus que désordre pour cette personnalité médiatique, fréquemment invitée sur les plateaux TV pour commenter l'actualité et vanter une « société plus solidaire et respectueuse de la nature ».

Avant d'aller fouiller dans le passé du patron de Cap Green, le commissaire décide de s'aérer l'esprit et la tête sur le village du Globe Race. Aérer est bien le mot car un vent fort et glacial de nordet a succédé à la plus douce brise océanique. Le soleil a beau briller dans un ciel azur, les écharpes et gros bonnets sont de sortie tant la bise semble venir tout droit de Sibérie.

Il est midi, c'est l'heure de la vacation, car, en mer comme sur scène, *the show must go on*. La jeune et talentueuse Alice Michel est pointée deuxième à environ 100 milles de l'arrivée.

« C'est un peu Verdun ici, raconte-t-elle. La mer est dans tous les sens, avec un clapot court et haché de nord-est qui vient se fracasser sur la grande houle d'ouest du large. Le bateau cogne dans chaque vague et le carbone fait un bruit d'enfer. Je suis prudente car on oublie trop souvent que le golfe de Gascogne est l'un des plus mauvais coins du globe. C'est mal pavé et vraiment casse-bateau ici. »

Un des journalistes se fait l'écho d'une déclaration polé-mique du sponsor de Yohann Cleef, le navigateur néerlandais pointé quatrième au dernier classement. Selon lui, la victoire d'Erwan Sauzon ne peut être homologuée dans la mesure où il n'était plus en vie lorsqu'il a coupé la ligne d'arrivée. Choquées, beaucoup de personnes jugent surtout que cela permettrait à son skipper d'accrocher la troisième place, synonyme de podium, plus vendeur médiatiquement.

— Qu'en penses-tu Alice ? lance le journaliste en pleine vacation.

— Je vais être claire. Je n'arrive même pas à comprendre que l'on puisse poser la question et discuter de cette hypothèse. La voile n'est pas un sport comme les autres. Ce n'est d'ailleurs pas qu'un sport. Nous sommes avant tout des marins, solidaires, dans les bons moments comme dans les coups de tabac. Erwan a fait une superbe course, est allé au bout de ses efforts, de ses souffrances, de son rêve et finalement de sa vie. Ce Globe Race, c'est le sien, pour l'éternité. Et si ces derniers milles se passent sans casse pour moi, je serai immensément fière de terminer deuxième, derrière Erwan.

La réponse d'Alice Michel est saluée d'un tonnerre d'applaudissements au village de la course. L'ovation s'éternise et la foule se met à scander le prénom Alice !

« Classieuse la navigatrice », se dit Rochard, dont on ignore si la goutte salée perlant sous son œil gauche est due aux rafales gelées de nordet ou à cette jolie séquence.

Avant de recevoir Yves Mauric, le commissaire Rochard prend le temps d'envoyer un petit mail à sa procureure préférée : « En effet, c'est du lourd. Je convoque Jérôme Fouquet demain matin. »

— Asseyez-vous, Yves. Je suppose que votre père vous a raconté son interrogatoire, mes questions, ses réponses. Alors ne perdons pas de temps, vous confirmez tout je suppose.

Yves Mauric est visiblement surpris. Il s'attendait à une séance tendue, comme dans les séries qu'il pirate sur le web.

— Bah ouais, nous sommes allés sur le ponton accueillir le père d'Erwan et l'équipe de *Cap Green*. Moi, vous savez, je n'ai pas osé entrer dans la cabine. J'ai juste vu le corps d'Erwan de dos. C'était trop dur.

— C'était ton ami ?

La question de Rochard finit d'adoucir l'atmosphère. Yves Mauric semble maintenant avoir envie de se confier.

— Oui, on a tout fait ensemble. Les premières régates en Optimist, les premières conneries, les premières fêtes. Je vais même vous avouer que j'étais jaloux de lui. Il réussissait tout mieux que moi. Les courses, les études, les filles. Combien de fois je lui en ai voulu... Par moments, je n'avais plus envie de le voir, mais son père était tellement sympa avec moi que je retournais chez eux.

— Parle-moi de Yann Sauzon.

— C'est un type trop génial. Toujours le sourire, toujours sympa. Il se préoccupait pour moi, à tel point que, par moments, j'aurais préféré l'avoir pour père. Des conneries d'ado car le mien est plus froid et me fait la gueule dès que j'ai une galère. C'est marrant, Erwan me disait qu'il avait parfois l'impression que j'étais plus le fils de son père que lui.

— Et là, il était comment Yann Sauzon sur le bateau après l'arrivée ?

— Il était effondré, pire que ça, cassé de l'intérieur. Son regard, d'habitude si pétillant, était vide. J'avais trop de peine pour lui.

— Il faudra être à ses côtés, Yves. Il en aura besoin. Tu sais, c'est terrible de perdre un enfant, dit Rochard d'une voix brisée.

Yves Mauric est impressionné par la tournure que prend leur rencontre. Il s'attendait à un affrontement, comme décrit par son père. Et il se retrouve presque à avoir envie de tomber dans les bras du commissaire. Un trouble renforcé par cette phrase lâchée sur la perte d'un enfant. Yves sent qu'un tel drame a sans doute, même certainement, touché l'homme qui lui fait face. Le commissaire Rochard se lève, lui tapote dans le dos et le raccompagne.

— Tu sais Yves, je ne cherche qu'à comprendre ce qui est arrivé à ton meilleur ami.

Troublé, Yves Mauric se contente d'un « merci monsieur ».

En écoutant les news sur son radio-réveil en cette nouvelle journée d'enquête, le commissaire Rochard se surprend à se réjouir du malheur d'autrui.

— Des nouvelles du Globe Race. Après l'arrivée d'Alice Michel, qui prend la deuxième place, nous avons appris cette nuit le démâtage du navigateur hollandais Yohann Cleef. Le skipper, sain et sauf, a pu être secouru mais il est contraint à l'abandon alors qu'il s'approchait des Sables-d'Olonne.

— Du coup, adieu la polémique et le podium immérité, se félicite Rochard.

Il entre au commissariat d'un pas vif, salué par sa collègue Morin.

— Bah alors Rochard, tu t'es levé du pied droit ? Tu as l'air exceptionnellement heureux d'aller au travail ce matin !

— Exact ma belle. Je vais auditionner Jérôme Fouquet, le sponsor de *Cap Green*, et j'ai bien l'intention de piéger cet apôtre vegan du vivre ensemble et autres couillonnades du même genre.

Rochard a bien dit « piéger ». Il veut travailler Fouquet à l'ancienne. Le rassurer, voire le flatter, pour l'amener à baisser sa garde. Bref, prêcher le pas totalement vrai pour avoir de l'info.

— Y a ton client qui vient de garer son vélo électrique devant le commissariat, prévient Morin.

— Il a décidément toute la panoplie du guignol celui-là, commente Rochard. Tu vas voir qu'il va me gonfler avec son dialogue participatif, sa co-construction et tout le charabia des bobos de centre-ville. Le genre à faire pousser trois plants de tomates en permaculture dans un jardin collectif et collaboratif de trois mètres carrés dans la cour de l'immeuble ou sur le balcon.

— À mon avis, vous n'êtes pas près de partager un tartare frites ensemble, rigole Morin. Dis-moi, tu ne t'arranges vraiment pas. Tu n'aimes pas les écologistes, tu détestes les nationalistes, tu traites la plupart des politiciens de cons, de droite comme de gauche. Tu n'aimes donc vraiment personne, vieil anar grincheux ?

— Si, les gens comme toi, un peu rebelles, détestant les troupeaux, les moutons et leurs chefs. Bref, les gens vrais et indémodables.

— Vilain flatteur, sourit Morin.

Rochard fait entrer Jérôme Fouquet dans son bureau. La quarantaine sportive et élancée, il arbore la panoplie du manager cool et geek. Jean et veste de marque, l'Apple Watch au poignet avec le logo Cap Green en fond d'écran.

— Bonjour M. Fouquet, je ne vous propose pas de café. Il est infect et certainement plein de pesticides.

— Merci, et de toute façon, je ne prends que du thé vert bio. Je doute que vous ayez ça en magasin dans le distributeur.

— Non, effectivement, sourit Rochard. M. Fouquet, je vou
ai demandé de venir pour mieux vous connaître, vous et l
société que vous dirigez.

Le PDG de Cap Green affiche son sourire calme et placide
Celui des plateaux de TV.

— C'est très aimable à vous, dit-il après un long silence
Mais puis-je vous demander où en est l'enquête précisément ?

— On vérifie quelques éléments, se borne à répondre
Rochard.

— Et ?

— Et rien de probant pour l'instant.

— Commissaire, je sais que vous faites votre travail et je le
respecte, mais je ne vous surprendrai pas en vous disant que
nous sommes nombreux, parmi les proches d'Erwan Sauzon, à
très mal vivre ce temps de suspicion, sur les seules bases d'un
témoignage un peu approximatif.

— Je le comprends fort bien, M. Fouquet.

— Et cette histoire d'autopsie, très douloureuse aussi pour
la famille ?

— Le médecin légiste doit la réaliser très prochainement,
mais ça ne dépend pas de moi.

— Tout ça pour ne rien trouver à la finale. Cela aura juste
servi à nous détruire encore un peu plus, nous les proches, et
à salir la mémoire d'un grand marin.

Le commissaire Rochard encaisse sans ciller. Il fait de très
gros efforts pour apparaître comme un fonctionnaire humble et
inoffensif. Ce n'est pas l'envie qui lui manque de lui balancer
la note du parquet financier à la figure, mais il a décidé de le
piéger et se tient à sa stratégie.

— M. Fouquet, pourquoi être venu dans le monde de la
voile ? Cela coûte très cher de sponsoriser un bateau du Globe
Race, non ?

— Sur ce dernier point, cela se discute commissaire. Par rapport à d'autres sports comme le football, le cyclisme ou des campagnes classiques de spots télé, non ce n'est pas cher si l'on évalue les retombées. Et surtout, la voile incarne les valeurs de Cap Green. Il n'y a pas mieux pour vanter le développement durable que ces bateaux qui font le tour du monde en un temps record à l'aide d'une énergie vierge de tout rejet carbone : le vent.

— Sauf la coque du bateau qui est en carbone, fait remarquer Rochard.

— Le carbone y est piégé et on travaille à nous améliorer sans cesse, rétorque tout de suite Jérôme Fouquet.

— Quelle est précisément l'activité de votre entreprise, M. Fouquet ?

— Depuis plus de vingt ans, nous accompagnons des municipalités, des départements et des régions dans la transition écologique. Nous avons la fierté d'avoir été des pionniers en la matière.

— Et cela consiste en quoi ?

— En des choses très concrètes, comme la gestion des déchets, la réforme des logements anciens pour qu'ils ne soient plus des passoires thermiques, l'installation de façades végétalisées pour là encore réguler les écarts de température. Je peux aussi vous citer la géothermie, le solaire, des solutions électriques pour les flottes de véhicules, etc.

— Vous travaillez pour tous les types de mairies et collectivités ?

Jérôme Fouquet sourit.

— Non, bien sûr. Il y a des résistances culturelles et politiques. Mais elles s'atténuent. Si vous voulez me faire dire que nous sommes plutôt du côté gauche de l'échiquier politique, je vous le concède volontiers. Mais nous ne sommes fermés à aucune collaboration. Nous avons déjà des contrats avec pas mal de collectivités dirigées par le centre ou la droite républicaine. Comme en Vendée par exemple.

— Et les partis nationalistes ?

— Là nous avons une opposition de principe. Je sais qu'ils affichent de plus en plus une volonté écologique, mais c'est toujours dans un but d'exclusion. C'est incompatible avec nos valeurs du vivre ensemble.

— Je comprends, le rassure Rochard. Vous n'avez donc aucune relation avec eux ?

— Surtout pas, renchérit Jérôme Fouquet, qui ne s'explique pas le petit sourire affiché par le commissaire en entendant sa réponse.

Sur le ton le plus doux qu'il puisse adopter, Rochard questionne maintenant Jérôme Fouquet sur ses rapports avec Erwan Sauzon. En confiance, le sponsor de *Cap Green* se confie volontiers.

— Nous sommes venus dans la voile aussi et surtout pour lui. Quand il est venu me présenter son projet, j'ai tout de suite été séduit. Il était tellement sincère dans sa démarche, réellement engagé dans la transition écologique. Nous ne pouvions pas rêver de meilleur ambassadeur pour Cap Green. Au fil des mois, nous sommes devenus très proches humainement. C'était devenu un ami, au point de partager avec moi son dernier repas avant la course.

— C'était où ? le coupe Rochard.

— Aux Oliviers, tout au bout du remblai.

« Un dernier repas aux Oliviers, ça ne s'invente pas, sourit en silence Rochard. Il ne manquerait plus qu'un dernier baiser ! »

— Comment vous est apparu Erwan Sauzon lors de ce dernier repas ?

— Très en forme et déterminé à réaliser un grand Globe Race, indique le patron de Cap Green.

— Rien d'autre ?

— Rien d'autre, monsieur le commissaire.

— Alors il ne reste plus qu'à vous remercier de vous être déplacé jusqu'au commissariat, M. Fouquet.

— C'est bien normal, mais votre convocation ne me laissait pas vraiment d'autre choix, tacle gentiment Jérôme Fouquet en quittant le bureau.

Rochard sourit, tout en se disant : « Fais le malin mon con, tu vas voir ce qui va te tomber sur ta belle gueule de petit marquis des pouvoirs dans pas longtemps. »

Le commissaire Rochard décide de quitter Les Sables-d'Olonne pour faire le point avec la procureure, à La Roche-sur-Yon. Il a « convoqué » Aurore Quartier dans un de ses QG favoris, le *Levante*, un restaurant espagnol réputé pour la sobriété de sa carte et la générosité de sa cuisine.

— Ah, madame la procureure, vous arrivez juste à temps pour déguster ces magnifiques anchois avec un « *pan con tomate* » à l'ail, s'exclame Rochard.

— Je vois que cette enquête ne vous fait pas perdre l'appétit.

— Au contraire, elle me cause des soucis. Et c'est précisément ça qui m'excite les papilles.

— Vous avez dû en voir des malheurs dans votre vie. Cela explique votre légendaire appétit et votre ouverture d'esprit côté gastronomie.

Rochard ne relève pas, et intime l'ordre à Aurore Quartier de ne pas parler de travail ni d'enquête avant d'avoir goûté à ce qu'il considère être l'un des plus beaux mariages culinaires que notre bonne vieille terre propose : des *pimientos del Padrón* accompagnés d'un verre de Ribera del Duero.

— Alors, madame la procureure ?

— C'est vrai que c'est exquis, Rochard, surtout avec le gro sel qui craque sous la dent. Je ne connaissais pas, d'où ç vient ?

— Avez-vous fait le pèlerinage de Compostelle, Aurore ?

— Non, mais je suis déjà allée à Saint-Jacques de Compostelle

— Et je parie que vous vous êtes contentée de visiter l basilique ?

— Oui, il ne fallait pas ?

— Malheureuse, le véritable miracle de la création, l'œuvr de Dieu se situe à trente kilomètres au sud de Compostelle au cœur de la Galice. C'est dans la petite ville de Padrón qu poussent ces *pimientos*. J'y passerais volontiers ma retraite madame la procureure.

— Ah, à ce point. Et le vin, il est aussi de là-bas ?

— Plus loin, au sud-est, sur les coteaux surplombant l Duero. Là encore une terre bénie des dieux.

— Encore quelques piments de Padrón et verres du Duer et vous finirez par croire au Seigneur et à sa résurrection. Le tapas vous rendent mystique, Rochard ?

— Pas à ce point, mais c'est sans doute une des rares raison de croire en l'existence d'un dieu.

— Et si nous revenions un peu sur terre et à notre enquête Rochard. Qu'a donné votre rencontre avec Fouquet ?

Le commissaire Rochard consent à se mettre au travail, nor sans avoir réclamé à la serveuse deux assiettes de *pulpos a la gallega*, avec son plus bel accent ibère. Et de reprendr sa diatribe contre les « gourous » et autres « charlatans » d la transition écologique en moquant leur volapük, fait d co-construction et de vivre ensemble.

— Rochard, votre refrain, je le connais par cœur. Vous pré-férez sans doute les marchands d'armes ou les armateurs d pétroliers rouillés ?

Le commissaire feint de ne pas entendre la pique de l procureure.

— Et Fouquet, l'homme? Parlez-moi de lui, Rochard.

— Beau parleur, du charisme, mais ses convictions doivent :re à géométrie variable pour se retrouver sur une liste de onateurs du Parti populaire nationaliste français. Il m'a bien ffirmé ne jamais vouloir travailler avec la droite de la droite, omme on dit. Du coup, je ne saisis pas bien son intérêt. Vous vez une idée madame la procureure?

— Une petite, oui, peut-être. Un contact du parquet m'a dit u'une des personnalités présentes sur cette liste a en fait été ictime d'un chantage de la part du parti nationaliste. Certains e ses membres avaient découvert une information susceptible e ruiner sa réputation et sa carrière.

— Piste intéressante en effet. Reste à trouver la face obscure e Jérôme Fouquet, si elle existe!

Rochard profite du léger silence pour demander à la procu-eure si elle avait déjà goûté au fromage manchego avec une oix de confiture de coing et un verre de Rioja?

— Mieux qu'au paradis! se réjouit-il.

— En parlant de paradis, Rochard, je vous rappelle notre endez-vous demain matin à la morgue, chez le médecin égiste.

— Pourquoi dites-vous ça, madame la procureure? Quel apport avec le paradis?

— De peur d'y connaître l'enfer du débit verbal du médecin ui a réalisé l'autopsie. C'est encore cette pipelette de Gilardi.

— Moi je l'aime bien, il me fait rire.

— Ah, très bien, je vois que votre regard sur la commu-auté gay vendéenne a évolué depuis que vous êtes célibataire, ochard.

— Et c'est moi que vous traitez de vieux réac, madame a procureure. Ignorez-vous que l'homophobie est un délit énal? Je vais vous dénoncer dès la première heure.

— C'était une blague, Rochard.

— Même pas drôle.

— Bon, alors, dès demain matin, je vais dire à Fabio Gilard que vous l'avez courageusement défendu face à mon humou rétrograde. Il vous en sera éternellement reconnaissant, rit l procureure.

— Eh bien, j'en serais très heureux. Il est drôle, cultivé e amène de son Argentine natale une ouverture sur le mond qui me change des beaufs autocentrés sur les problème franco-français. Vous savez, tous nos compatriotes aigri dénonçant l'enfer de leur vie en ignorant qu'ils vivent a paradis.

— Vous me surprendrez toujours, Rochard, dit Auror Quartier avec énormément de tendresse dans la voix et l regard.

À 9 heures le lendemain matin, Fabio Gilardi les accueill effectivement avec un enthousiasme débordant et une bonn humeur communicative tranchant avec la tristesse inhospita lière de la morgue.

— Ah, madame la procureure, vous êtes mon rayon de sole de l'hiver. En plus, vous m'avez envoyé un si joli garçon examiner.

— Gilardi, coupe la procureure. Un peu de tenue.

— Mais enfin, j'ai quand même le droit de vous dire qu ça me change de vos vieux alcooliques poignardés par leur femmes ou l'inverse. Et qu'y a-t-il de mal à rendre hommag à la beauté des gens ?

— Aucun, intervient Rochard. Notre procureure préférée es en pleine régression sociétale. Elle vire Tea-Party.

— Bon, c'est fini votre numéro de duettistes, se plain Aurore Quartier. Aux faits Gilardi, je vous prie, aux faits !

Fabio Gilardi retourne alors une lampe sur son visage, façon oursuite sur une scène de show-biz, dénoue la ceinture de sa louse blanche et commence à marcher telle une star inaccesible. Il s'approche du visage de la procureure et commence chanter :

— « Il venait d'avoir 28 ans, il était beau comme un enfant, ort comme un homme. C'était l'hiver malheureusement et 'ai compté, en l'autopsiant, des doses énormes de morphine. 'ai mis de l'ordre dans ses cheveux, en ai analysé deux ou rois et, horreur, ai trouvé aussi des traces de toxiques issus u jasmin. »

— Bon, c'est fini ce cirque, Gilardi ?

— Vous n'aimez pas, madame la procureure ?

— Si, si, beaucoup, mais plus sérieusement, de quoi est mort rwan Sauzon ?

— Désolé de vous décevoir, mais c'est difficile à dire. a morphine, à haute dose, peut amener à un arrêt du cœur. Aais peut-être suivait-il un traitement ? Ou alors, a-t-il pris es médicaments à base de morphine en raison d'une douleur enace qui l'empêchait de manœuvrer ? Il faudrait en parler vec son toubib personnel pour voir de quelles pharmacopées isposait notre joli jeune homme à bord.

— Et cette histoire de jasmin ?

— Alors là, madame la procureure, on nage en plein roman olicier. C'était un poison utilisé par Agatha Christie ou par a démoniaque Claire Underwood dans *House of Cards* ! Les races sont claires. En revanche, pourquoi du jasmin ? *A priori*, a ne pousse pas en mer, pas vrai commissaire Rochard ?

Ce dernier lui répond d'un clin d'œil et d'un large sourire. t Gilardi de raccompagner ses hôtes en chantonnant :

— « Et j'ai compté en le voyant mes nuits d'automne… »

V

Dans son vaste bureau de procureure, Aurore Quartier st pensive. Elle va évidemment demander au commissaire Rochard de convoquer le professeur Quentin afin d'essayer de omprendre pourquoi Erwan Sauzon faisait une telle consommation de dérivés de la morphine. Était-ce dû à un accident, une maladie ou à un pépin de santé survenu en mer ? Quentin tait-il au courant ? Et ces traces toxiques de jasmin, comment es expliquer ? Mais, instinctivement, la procureure ressent profondément deux choses. La vision d'Erwan Sauzon et sa ête d'« ange » vantée et chantée par Gilardi ne l'incite pas vraiment à remuer ce qui risque de devenir de la boue. Plus important, son flair lui murmure à l'oreille que la vraie piste st sans doute ailleurs.

— Professeur, je vous ai envoyé hier soir les conclusions de l'autopsie afin de préparer notre entretien. Commençons par la morphine. Quelles explications voyez-vous à de telles quantités décrites par le médecin légiste ? demande Rochard.

— Pour le moment, je ne me les explique pas, commissaire.

— Vous lui aviez prescrit des médicaments à base de morphine ?

— Prescrit non, mais comme pour tous les autres concurrents du Globe Race, je lui ai conseillé d'avoir ce type de médicaments en cas de coup dur en mer. Mais normalement, le coureur doit échanger avec moi avant d'en prendre. Ce qui n'a pas été le cas.

— Professeur, quel intérêt aurait eu Erwan Sauzon à vous cacher des problèmes de santé ? D'autant plus que vous êtes tenu au secret professionnel, à la confidentialité de vo échanges.

— Absolument ! Pour Erwan, je n'en sais rien.

Rochard laisse passer quelques secondes, se lève et fai quelques pas vers une étagère remplie de bouquins, policier pour la plupart. Dont un vieil Agatha Christie, *Les Quatre* Lui faisant à nouveau face, Rochard pointe un doigt vers l médecin :

— Vous savez, dans ce genre de bouquin, on apprend vit la nécessité d'inverser les questions et de renverser les tables

— Et ?

— Et la question pourrait être la suivante : quel intérê auriez-vous eu, vous personnellement, à cacher des conversa tions où Erwan Sauzon vous aurait effectivement parlé de se problèmes en mer ? Échanges durant lesquels vous lui aurie conseillé de prendre ces médicaments à la morphine, peut être en traitement de cette maladie auto-immune dont faisai état le préparateur Manu Perrin dans son interview à *Voile et Voiliers* ?

— Commissaire, la vie n'est pas un roman policier. E je ne vous permets pas de mettre en doute mon éthiqu professionnelle.

— Professeur, la vie est souvent bien pire qu'un roman poli cier. On en a même fait un fameux dicton. La réalité dépass la fiction, vous vous souvenez ?

— Je vous affirme que je n'ai ni conseillé ni entendu parle de médicaments à base de morphine pour Erwan Sauzon.

Le visage rond et le plus souvent enjoué de Rochard se dur cit subitement.

— Et moi je vous affirme que je n'en crois pas un mot Et ces traces de jasmin, un poison justement utilisé dans le romans policiers, comment les expliquez-vous ? Le jasmin n ousse ni ne dérive au large, aux dernières nouvelles, ricane Rochard.

Le professeur Quentin se lève, théâtral, jouant à merveille e rôle de la conscience outragée.

— Ça suffit maintenant commissaire, je ne répondrai désormais plus à vos questions qui sont en fait d'infamantes insinuations. Si vous souhaitez me revoir, ce sera désormais accompagné de mon avocat. Je ne vous salue pas.

— Avocat ou non, ne doutez pas qu'on se reverra, professeur. Personne n'est au-dessus des lois, de la justice, de la echerche de la vérité, pas même les sommités médicales.

— Pas plus que les petits commissaires de province qui accusent sans preuve.

L'orage est prêt d'éclater dans le bureau. L'air est si électrique que Rochard ouvre grand sa porte, avant que le lourd et noir cumulonimbus des relations entre les deux hommes n'explose.

« Envie de changer d'air et d'atmosphère », se dit le commissaire en ouvrant sa boîte mail.

L'occasion lui en est opportunément donnée par la procureure : « Rochard, je vous envoie avec la jeune capitaine Agnès Vézin enquêter à Saint-Gramond dans le Var. En recoupant les villes ayant travaillé avec Cap Green et celles ayant basculé au Parti populaire nationaliste français, seule cette station touristique répond à ces deux critères. Il y a sans doute à gratter là-bas. Et merci de ne pas traumatiser notre jeune, prometteuse et jolie capitaine. Elle est vegan, écologiste et féministe. Aussi évitez-lui vos discours rétrogrades de vieux boomer grincheux. Parlez-lui plutôt de théâtre, de cuisine, d'humour ou encore d'aide humanitaire, ce sont ses autres passions. »

Étant donné qu'en France, il est plus facile de rallie Tombouctou ou Vladivostok d'un coup d'avion que d'alle dans le Var en partant de Vendée, que ce soit en train ou e zinc, le commissaire Rochard décide donc de sacrifier so bilan carbone au plaisir de faire la route en voiture de fonction

Méconnaissable durant les premiers kilomètres, le com missaire fait assaut d'amabilités et de civilités politiquemen parfaitement correctes envers la jeune capitaine.

— Monsieur le commissaire, vous savez, votre réputatio vous précède, lâche Agnès Vézin, dont la beauté brune cousin avec celle de Penelope Cruz à ses débuts. Je ne sais pas c qu'on vous a dit de moi, mais je préfère encore vous entendr proférer des horreurs sur les vegan et la bouffe que de vou écouter dans ce rôle d'ancien séminariste jésuite. Cela ne vou va vraiment pas, sourit-elle.

Pour une fois à court de répartie, Rochard reste étrangemen silencieux.

— Puis-je mettre un peu de ma musique? finit-il pa demander.

— Vous êtes dans votre voiture commissaire, faites, je vous en prie.

— Erreur inspectrice, cette superbe berline appartient à l'État, c'est-à-dire autant à vous qu'à moi.

— À la seule différence que vous seul en avez l'usage, se marre la jeune femme.

L'atmosphère se déride et la jeune capitaine regarde son supérieur hiérarchique tenter de partager sa playlist par Bluetooth. Peu au fait de ces technologies, il enchaîne les zigzags sur le ruban autoroutier fort heureusement désert en ce petit matin.

— Monsieur le commissaire, il serait peut-être plus prudent que vous me confiiez votre téléphone. Je vais m'occuper de votre musique.

— C'est ça, pour que vous regardiez mes contacts Tinder, ma dernière commande d'un fusil de chasse sur Amazon et mes photos de tournedos béarnaise sur Instagram, pas question !

La capitaine éclate de rire.

— Ah bah voilà, vous ressemblez plus au portrait-robot qu'on m'a fait de vous, ironise Agnès Vézin, en arrachant le portable de la main droite de Rochard, la gauche étant occupée à tenter de rouler à peu près droit.

En allant sur l'appli musicale de Rochard, Agnès Vézin est intriguée par le nom de pas mal de playlists.

— Il y en a une qui s'appelle « une journée sans Schmoll est une journée bien molle ». Qu'est-ce que c'est que ce binz, comme dit mon père tentant d'imiter Jacquouille la Fripouille en fin de repas de famille ?

— Nous voilà donc en plein conflit de génération, chère collègue. Apprenez que Schmoll est le surnom d'Eddy Mitchell.

— Et qui est Eddy Mitchell ?

Rochard lève les yeux au ciel, en signe de dépit.

— Naufrage de l'éducation et de la culture, lâche-t-il, d'un ton sentencieux.

— À moins qu'il ne s'agisse d'un truc de vieux un peu con datant du millénaire précédent, répond l'inspectrice du tac au tac.

— Votre monde se limitant aux séries de Netflix, je suppose que, comme ma fille, vous croyez que « Bella Ciao » est une chanson écrite pendant le tournage de *La Casa de papel* ?

— Pourquoi, ce n'est pas le cas ? persifle Agnès en souriant.

— Je sens qu'on ne va pas s'ennuyer en route, s'amuse à son tour Rochard. Moi j'veux bien vivre avec mon temps, mais j'ai peur de ne pas être assez con pour y parvenir.

Agnès feint de ne pas entendre la saillie du commissaire. Elle examine la fameuse playlist, l'air étonné :

— La première chanson s'intitule « J'me sens mieux quand j'me sens mal ». C'est un philosophe votre Eddy Mitchell ou un maniaco-dépressif ?

— Mieux que ça, un chanteur mi-rocker, mi-crooner, bourré d'humour. Et un super acteur aussi, mais si je vous dis *Le bonheur est dans le pré*, je suppose que ça ne vous dit rien, jeune écervelée.

— Ce n'est pas une émission de télé pour pré-retraités, ça ?

— Je crains que vous ne confondiez avec « L'amour est dans le pré ».

— Mais non, je vous charrie. J'adore ce film. C'est tourné près de chez un grand-oncle, dans le Madiran. J'ai dû le voir dix fois là-bas. Attendez que je devine, il joue quel rôle votre Eddy Mitchell ?

— Dans le Gers ? On m'a dit que vous étiez vegan, comment faites-vous pour survivre au pays du foie gras ?

— Je picole, se marre la capitaine. Et croyez-moi, pas besoin de beaucoup se forcer dans ce coin.

Pour la première fois depuis le début du voyage, le commissaire Rochard adresse un regard amical à sa jeune partenaire, presque tendre.

— Bon, laissez-moi deviner. C'est quand même pas le mec qui vend des bagnoles et culbute la vieille bourgeoise ?

— Si fait.

— Mais il est topissime ce type. On met la musique, s'enthousiasme soudain Agnès Vézin.

Les deux se surprennent à écouter quasi religieusement la chanson de « Schmoll ». « C'est p't'être par peur, j'ai pas de méthode, je fais le vide autour de moi / Évidemment j'suis mal, j'l'prends bien mais j'suis mal, j'me sens mieux quand j'me sens mal. »

— Parfait, résume Agnès Vézin. J'adore, mais votre mec, ce ne serait pas un peu le genre faux loser qui se dit que femme qui rit finit dans son lit ?

— Si c'était si simple, soupire le commissaire Rochard.

Et les deux compagnons de route d'éclater de rire. La glace est rompue.

À Saint-Gramond, Agnes Vézin a pour tâche d'aller interroger ses collègues policiers sur d'éventuelles rumeurs ou traces de corruption dans des marchés publics passés avec la société Cap Green, puisque, à ce jour, aucune plainte n'a été déposée.

De son côté, le commissaire Rochard a rendez-vous avec Didier Calou, l'ancien directeur de cabinet du précédent maire de Saint-Gramond.

— Une rétrocommission avec Cap Green ? Je vous le dis tout de suite, c'est impossible monsieur le commissaire, réagit Didier Calou. Jean-Baptiste Lolivier, l'ancien maire, et Jérôme Fouquet, de Cap Green, sont deux personnes que je connais très bien. Jamais ils n'auraient fait ça !

— Je veux bien vous croire, M. Calou, mais nous avons des informations assez précises allant dans ce sens.

— Venant d'où ?

— Je ne peux pas vous le dire à ce stade de notre enquête.

Didier Calou, la quarantaine, balaie de la main sa mèche argentée en proie à un puissant mistral d'hiver.

— Écoutez, monsieur le commissaire, je peux vous assurer que vous ne trouverez rien dans les comptes publics. L'ancien maire et moi ne sommes pas des professionnels de la politique, ce n'est vraiment pas notre genre. Au contraire même ! Nous avons mis fin à des pratiques douteuses dans la passation des marchés publics, suscitant rancœur et jalousie. C'est peut-être d'ailleurs ça qui nous a coûté la mairie.

— Une fois de plus, je ne demande qu'à vous croire M. Calou. Mais si ce n'est pas la mairie, y a-t-il d'autres sociétés en lien avec la municipalité qui auraient pu travailler avec Cap Green sans avoir vos scrupules ?

Didier Calou réfléchit assez longuement.

— Vous savez, je ne suis plus en rapport avec elles, je suis revenu à mon métier d'origine : inspecteur des impôts.

— Vous êtes donc la personne idéale pour m'aider à y voir plus clair, coupe Rochard.

— Si j'avais à mettre mon nez dans les affaires de toutes les sociétés bénéficiant de délégations de services publics ici, c'est sans conteste à la régie des transports que j'ouvrirais le premier livre de comptes.

— Pour quelles raisons ?

— Attention, je n'ai aucune information sur des malversations. Toutefois, je n'ai jamais vraiment apprécié la personnalité de son directeur général, Charles Renzini. Un de la vieille école celui-là, qui a louvoyé dans les différents bureaux d'études des années 1980 et 1990, à l'époque où le financement politique passait par ce genre de canaux. De plus, la plupart des dirigeants des sociétés d'économie mixte ou liées fortement à la mairie ont sauté, avec l'arrivée de l'équipe du Parti populaire nationaliste.

— Et lui est resté, en déduit le commissaire Rochard.

— Oui, c'est étrange. Peut-être que son prochain départ à la retraite a joué en faveur d'une transition plus longue, mais ça m'étonne quand même.

Le commissaire Rochard retrouve Agnès Vézin sur une terrasse ensoleillée, abritée du mistral. Sans s'être concertés, tous deux font part de la réputation sulfureuse du patron de la Régie des transports de Saint-Gramond, Charles Renzini.

Les policiers varois ont confirmé à la jeune capitaine que ce « personnage » a trempé de près ou de loin dans la plupart des magouilles locales.

— Un collègue de la PJ de Toulon, spécialisé dans les affaires financières, m'a dit que Charles Renzini bénéficiait de solides appuis dans tous les rouages administratifs et politiques de la région, raconte Agnès Vézin. Visiblement, l'homme est habile et roublard. Il sait rendre les bons services au bon moment aux bonnes personnes, sans jamais se mettre en avant, sans jamais prendre publiquement position pour un bord ou un autre. Bref, le portrait-robot du vrai malin opportuniste.

— Ouais, du genre pas facile à coincer, soupire Rochard. Je vais demander à la proc' qu'elle mette une équipe spécialisée pour trouver trace, ou non, de cette rétrocommission avec Cap Green. Impossible de dénicher une éventuelle fausse facture avec nos seuls petits doigts musclés.

Content de sa petite blague, Rochard se concentre sur la carte du restaurant, en affichant un énorme sourire de satisfaction.

— Que se passe-t-il, commissaire ? La seule idée de repasser la patate chaude à une brigade financière spécialisée suffit à vous mettre dans un tel état de félicité ?

— Non, Agnès, en revanche l'idée de me taper une bonne tapenade, avec un peu d'aïoli en apéro, le tout arrosé d'un Bandol rosé, ça oui, ça me procure un bonheur que vous n'imaginez sans doute pas !

— Vous pouvez me traduire ? J'ai toujours passé mes vacances en Bretagne quand je n'allais pas dans le Gers.

— Bien volontiers, d'autant qu'il n'y a rien d'animal là-dedans. La tapenade est une savoureuse purée d'olives, agrémentée d'une pointe d'ail, à tartiner sur un croûton. C'est divin ! Je vous conseille plutôt la tapenade aux olives noires. Et l'aïoli, c'est une sorte de mayonnaise faite à base d'ail et d'huile d'olive. On peut y tremper des morceaux de poissons, ou, pour les vegan comme vous, des légumes crus. C'est délicieux !

Agnès Vézin regarde Rochard. Sa moue traduit une perplexité pensive.

— La bouffe, c'est quasi une religion pour vous, non ?

— Ce n'est pas de la bouffe, Agnès. La bouffe, c'est dans les fast-foods. Ici, c'est de la cuisine faite pour rendre hommage à la vie, et la partager avec de belles personnes, comme maintenant.

— Vieux et dragueur en plus, s'exclame la jeune capitaine.

— Comme réflexion tue-l'amour, ça se pose là, coupe Rochard. En plus vous avez deux défauts majeurs : vous avez l'âge de ma fille et nous travaillons ensemble.

— Pardon, c'était bête, admet Agnès Vézin. Et votre médecin, il en dit quoi de votre régime ?

— Mon médecin, il est plus gros que moi ! Et quand il me parle cholestérol ou autre gros mot, je lui sors cette belle réflexion de Tatie Danielle : « Mourir de ça ou d'autre chose » !

— Eddy Mitchell, Tatie Danielle, vous avez de sacrées références philosophiques, s'amuse Agnès Vézin.

— Vous préférez sans doute Booba ou Maître Gims ?

— Non, je suis plutôt tendance Édouard Baer, de préférence sur scène.

— Ah, ça nous fera un nouveau point commun quand vous aurez enfin goûté à la tapenade.

Et nos deux policiers de profiter largement du soleil quasi printanier, agrémenté des douceurs varoises et provençales.

— Vous croyez que Renzini peut se faire pincer ? Moi, j'ai peur qu'aucune preuve ne soit possible à dénicher. De l'argent liquide, des sociétés écrans, des hommes de main et de paille, et le tour est joué, craint Agnès Vézin.

— Possible, mais vous savez, les gens de la financière sont capables de dénicher la fameuse aiguille dans la pire des bottes de foin.

Et Rochard de passer en une fraction du coq à l'âne, ou lutôt à l'assiette.

— Je vous proposerais bien de poursuivre avec un chapon, nais je crains un refus.

Agnès Vézin éclate de rire.

— Vous ne doutez vraiment de rien, commissaire. Proposer e la volaille à une vegan, faut une bonne dose de culot quand nême !

— Et voilà, vous êtes tombée dans le panneau !

— Ah ! Parce que le chapon n'est plus de la volaille naintenant ?

— Non, pas ici. C'est un poisson de roche, en bouillabaisse u comme proposé ici, rôti au four avec des légumes et du omarin.

— Bon, d'accord, mais de toute façon, je ne mange pas de oisson non plus.

— Dans ce cas, je vous conseille l'artichaut à la barigoule, ne merveille. Mais vous ne croyez pas que l'artichaut souffre ui aussi quand on l'arrache à sa plante ?

— Vous plaisantez je suppose ?

— Non point, j'ai lu des choses passionnantes sur le stress et es souffrances des arbres et des plantes. Je vous les passerai.

— O.K., mais en attendant que vos informations soient érifiées et publiées, je préfère les légumes aux abattoirs inhumains et à l'horreur de la pêche industrielle.

— Et moi, je souffre en entendant le cri étouffé et désespéré le l'artichaut, s'amuse Rochard en se resservant un verre de osé.

Réduit, pour le moment, au chômage technique dans 'extension varoise de l'enquête, le temps que les enquêteurs inanciers passent au peigne fin les comptes de Charles Renzini t de la Régie des transports qu'il dirige, le commissaire

Rochard propose à Agnès Vézin de passer la soirée à Marseill chez son vieux complice, le commissaire César Hernandez.

— Vous verrez, c'est un type très agréable. Les femme disent qu'il a de faux airs de Robert de Niro. Et puis sa maiso est juste incroyable, avec une terrasse sur le toit qui donn sur toute la rade, avec vue privilégiée sur les îles du Friou dont celle du château d'If, vous savez celle dont s'est échapp Edmond Dantès dans Monte-Cristo.

— Si en plus on se cultive, va pour Marseille, opine Agnè Vézin.

En voiture, le commissaire Rochard raconte à la capitain combien il aime cette ville de Marseille, sa lumière particu lière, ses quartiers et la plupart de ses habitants, si éloigné des clichés en vogue.

— C'est aussi la ville du véritable vivre ensemble, avant qu cette formule ne soit devenue du mauvais marketing politique

— C'est-à-dire ?

— C'est vraiment une ville maritime de brassage de popu lations venues d'un peu partout. Je crois aussi que c'est mêm la plus ancienne ville de France. À vérifier.

— Vous voulez que je « checke » Wikipédia ? propose Agnè Vézin en montrant son smartphone.

— Non, je préfère les approximations de la tradition oral et de la mémoire aux méga et giga bits d'internet. Je sai qu'elle a été fondée par des Grecs venus de Phocée. Ils y ren contrèrent nos fameux ancêtres les Gaulois. Puis sont venu les Romains en même temps que des marchands d'Asie o d'Égypte. Impossible de faire la liste, mais il y a eu ensuite le Catalans, les Italiens, les Juifs, les Arméniens, très nombreux et enfin les Maghrébins. Quand le port et le commerce son florissants, ça se passe plutôt bien. Quand on oublie ce qui toujours fait la richesse de Marseille, les tensions s'exacerben t si les plus ultras des religieux s'en mêlent et excitent des ommunautés, soupire Rochard.

Le commissaire stoppe tout d'un coup son cours magistral ır l'histoire des migrations à Marseille.

— Vézin, pourquoi vous me regardez comme ça ?

— Rien, juste que j'ai l'impression de découvrir quelqu'un e tout à fait différent du portrait qu'on m'a fait de vous.

— Peut-être que je suis comme Marseille, victime de cli-ιés, cabotine Rochard.

En pénétrant dans la maison du commissaire César ernandez, Agnès Vézin ouvre grand des yeux pleins étoiles. Les tons sont ocre dehors, ils se mêlent à de jolis eu lavande et vert pastel à l'intérieur. Les murs sont épais, en erre traditionnelle. Les pièces sont amples. Le salon, sobre-ent décoré, donne sur un escalier en pierre. Et la terrasse sur toit est effectivement une superbe cerise sur le gâteau. Avec ıe vue imprenable sur une rade balayée par le mistral dans ı ciel d'un bleu immaculé.

Agnès admire un petit santon, placé seul dans un joli recoin ı salon.

— Vous l'aimez bien aussi mon García Márquez, lui emande César Hernandez.

— Pourquoi ce nom ?

— Santon de solitude, voyons !

Agnès Vézin sourit.

— Ce n'est pas mon Gabriel García Márquez préféré, vèle-t-elle. Je préfère *L'incroyable et triste histoire de la ındide Erendira et de sa grand-mère diabolique.*

Se tournant vers Rochard, le commissaire Hernandez feint surprise.

— Tu ne m'avais pas dit qu'on savait lire désormais au ommissariat de La Roche-sur-Yon ?

— Notre jeune capitaine est une exception, je te rassure
Elle hésitait entre Lettres sup et l'école de police. Les autres
au mieux, lisent *L'Équipe* et surtout l'avenir dans un verre d
pastis.

Poursuivant sur ce ton badin et dérisoire qu'il affectionn
tant, Rochard interpelle son collègue marseillais :

— Dis-moi, en m'assurant qu'on ne dérangerait pas, tu a
oublié de me dire que ta femme et tes enfants avaient enfin e
l'éclair de lucidité de t'abandonner.

— Provisoirement malheureusement. Ils sont partis fair
du ski.

— Et tu n'as pas suivi ?

— Moi, planter le bâton et boire du vin chaud en terrass
avec des chaussures de torture, très peu pour moi. J'aime tro
la montagne pour supporter les stations de sport d'hiver.

— Pas faux.

— Mais dis-moi, Rochard. Vous en êtes où pour le Glob
Race ? C'est incroyable cette histoire !

Le commissaire lui résume son début d'enquête. Le
empreintes retrouvées sur des verres de champagne à bor
l'autopsie, la morphine, les traces de jasmin, les possibles ma
versations de la société Cap Green, sponsor d'Erwan Sauzo
Hernandez reste pensif.

— Y'a un truc qui cloche, dit-il soudainement.

— Quoi ?

— Je ne suis qu'un régatier du dimanche, mais je conna
assez bien les voileux. C'est un milieu propre, sans trich
Pour moi, la clé de la mort d'Erwan Sauzon ne se cache sar
doute pas dans les affaires de compétition, de mer. Elle do
être ailleurs.

Rochard réfléchit longuement à son tour.

— Tu as peut-être raison, mais de toute façon, nous n
butons pas simplement sur le qui et le pourquoi. Il y a aus
le comment !

— C'est-à-dire ?

— Bah, Erwan Sauzon est filmé en pleine forme la veille de ɔn arrivée et, douze heures après, il coupe la ligne d'arrivée ɔus pilote automatique, retrouvé mort sur sa table à cartes. ans trace de blessure ni de chute. Pour le moment, ça reste ne énigme absolue.

— Et la piste de la morphine ?

— Elle est sérieuse, évidemment. Mais quel intérêt aurait u Erwan Sauzon à se shooter au point de faire une overdose ıortelle alors qu'il avait course gagnée ?

— C'est sûr.

— Et cette histoire de jasmin ?

— Alors là, c'est encore plus mystérieux. Le médecin légiste trouvé des traces de gelséminine. C'est un extrait assez rare e jasmin jaune. En faisant des recherches, j'ai vu que la forıule a été utilisée comme poison dans *Les Quatre* d'Agatha hristie. Et même dans *House of Cards* ! Mais on n'a rien etrouvé dans le bateau ni dans la trousse de secours du bord.

La soirée se poursuit avec une discussion animée autour de 1arseille dans le cinéma et la littérature. Elle s'achève par ette remarque sentencieuse du commissaire Rochard :

— Je ne suis pas sûr que le chemin parcouru entre le *Marius* e Pagnol et *Plus belle la vie* soit celui d'une civilisation qui agne en culture ou en poésie.

Rochard et Vézin profitent de la terrasse et du jardinet pour éguster un bon petit déjeuner, lorsque apparaît Hernandez, n short et tee-shirt, trempé de sueur.

— Il a pris un sacré coup de vieux l'ami Ricoré ! Tu sais ce ue disait Churchill à propos du sport et de la longévité, lui ınce Rochard, en croquant une pomme et récitant une autre aillie du grand chef d'État anglais : « *One apple a day keeps ıe doctor away.* »

— Je sais, Rochard. Tu radotes… Dites, le mistral a faibl ça ne vous dirait pas un tour en voilier ?

Agnès Vézin se tourne vers Rochard, le regard suppliant :

— C'est vrai qu'on peut se voter une petite RTT. Alle banco pour la voile !

Les trois policiers ont troqué l'habituel blouson de cuir pou une veste de quart marine, le mistral d'hiver, même faiblissan souffle beaucoup plus le froid que le chaud. Ils pénètrent su le ponton où est amarré le voilier du commissaire, quasimen en face de la mairie, au cœur du vieux port.

— C'est joli cette maison flottante à côté, commissaire ? De gens y vivent ? demande Agnès Vézin.

— Ah ça, c'est la Nautique, c'est mon club, dit avec un certaine fierté Hernandez. Oui, c'est superbe, on ira y fair un tour tout à l'heure si vous voulez. C'est en fait le pavillo flottant, le siège historique de la société nautique de Marseille fondée en 1887 je vous prie !

Et le commissaire Hernandez d'indiquer un bateau du doigt

— Le voilà, le *Magistral gagnant*, mon fier navire.

— Drôle de nom, remarque Rochard.

— C'est un jeu de mots, explique Hernandez. On y retrouv le Mistral gagnant de Renaud, le gagnant de mes victoires e régates, et le magistral pour emmerder les juges du coin, rigol le commissaire marseillais.

— Mais Magistral, ça ne veut rien dire ?

— Et si, c'est le nom que l'on donnait au mistral du côt du Languedoc.

En sortant du port, Hernandez prévient ses coéquipiers d jour :

— On va prendre un ris et envoyer un foc de brise devant histoire de ne pas trop vous mouiller et garder un estoma intact pour les sardines grillées, au retour.

De très calme, la mer se forme tout de suite en sortant du ieux port et laissant le MuCEM à tribord. Hernandez branche on pilote, se met bout au vent et envoie sa grand-voile arrisée. ochard et Vézin le regardent s'escrimer sur le winch et la risse. Puis il envoie le foc de brise.

— Attention, tenez-vous, ça va partir, prévient Hernandez.

De fait, en mettant le cap sur les îles du Frioul, le *Magistral agnant* prend le vent et surtout la mer du mistral, légèrement e travers.

— Il file votre bateau, remarque, impressionnée, Agnès 'ézin.

— C'est un pur-sang, mademoiselle. Un Sun Fast 3200, desné par Daniel Andrieu et construit par Jeanneau. Je l'ai acheté our courir la Transquadra, dès que j'aurai le temps. C'est une ansat en solo ou en double, pour les amateurs éclairés de mon enre. Elle est organisée par des gens du Nord, comme vous. nfin, un peu plus nord. Le Club nautique hoëdicais.

C'est vrai que le Sun Fast 3200 passe remarquablement dans mer pourtant hachée. Il file déjà à 9 nœuds. Pas peu fier, Iernandez fait remarquer qu'il a acquis la dernière version, vec un mât et une quille plus longs.

— Lui et moi sommes quasiment imbattables, que ce soit n entraînement d'hiver ou à la Snim, la Semaine nautique iternationale de Méditerranée à Pâques, lance-t-il fièrement.

— Mouais, tout est dans le quasi, relativise Rochard, d'une ioue dubitative. Agnès, nous vérifierons tout à l'heure au club e la Nautique, ils doivent avoir les résultats en mémoire sur eurs ordis.

L'équipage policier passe If et son château sous le vent, puis Frioul. Il enchaîne ensuite une série de virements de bord ace au mistral. La forte gîte et les embruns arrosant le pont et arfois le cockpit expliquent certainement le silence de l'équiage, auparavant beaucoup plus bavard. Fort heureusement, le

portable de Rochard ne sonne que lorsque le barreur a pu lais
ser porter et choquer les écoutes. Le bateau est moins humid
et plus à plat.

— C'est la procureure, avertit Rochard. Oui, madame l
procureure, du nouveau ?

— Bah Rochard, y'a du vent dans votre téléphone ?

— Le mistral souffle fort en hiver, madame la procureure

— Et je crois entendre la mer aussi, vous êtes sur la côte ?

— Je suis même en mer, je vous expliquerai.

— Bon, les financiers ont trouvé des mouvements d
50 000 € de la société Cap Green vers une société d'étude
basée à Chypre. Bizarrement, Renzini a des parts dans l
boîte, ainsi que dans de nombreuses sociétés *a priori* bidon
à Chypre. Les enquêteurs ont noté un retrait de 40 000 € e
faveur de Renzini peu après le versement de Cap Green dans l
même banque de Chypre. Assez de coïncidences concordante
pour entendre Renzini. Je vous ai arrangé une audition demai
matin au SRPJ de Toulon.

— Parfait madame la procureure, je le questionnerai ave
la capitaine Vézin.

— Bon vent pour tout, Rochard, s'exclame la procureur
Visiblement, vous n'en manquez pas !

Le lendemain, en voyant arriver Charles Renzini dans le
locaux du SRPJ de Toulon, Rochard se tourne vers sa jeun
collègue :

— En voilà un qui ne fait rien pour arranger son cas. Ave
son costar rayé, la gourmette et ses Ray-Ban, il s'est déguis
en parfait suspect !

— Il ne lui manque plus qu'un chapeau Borsalino, s'amus
Agnès Vézin.

Après lui avoir résumé les faits et ce qu'ont trouvé les enquêteurs sur ses sociétés de Chypre, Rochard s'adresse très directement à Renzini :

— Est-ce que vous nous confirmez une rétrocommission de Cap Green, *via* votre société de Chypre ?

— Je ne confirme rien du tout, répond lentement Renzini, en appuyant bien sur chaque syllabe, un peu à la façon dont s'exprimait Charles Pasqua, dont il partage les tics et une grande gueule à la Fernandel. Vous n'avez strictement aucune preuve.

— Bon, Renzini, le coupe sèchement Rochard. Vous avez le choix entre nous aider rapidement dans cette enquête sur Cap Green et vous ne serez pas poursuivi pour les faits incriminés. En revanche, si vous tergiversez, vous risquez de prendre cher à la fin.

Long silence de Renzini.

— J'ai votre parole commissaire ?

— Vous l'avez.

— Alors, oui, il y a bien eu une commission pour un marché sur de nouvelles voies de bus en site propre. Mais vous savez, on m'y a obligé.

— Et avec qui avez-vous traité chez Cap Green pour ce, disons, petit arrangement entre amis ? Jérôme Fouquet ?

Devant le nouveau silence de Renzini, Rochard réitère sa question :

— C'était bien Jérôme Fouquet ?

— Lui et d'autres, répond Renzini.

Agnès Vézin s'enhardit et prend enfin la parole :

— M. Renzini, le commissaire vous a expliqué le marché tout à l'heure. Mais pour rester tranquille malgré cette infraction financière, il faut nous aider, mais nous aider vraiment, bref tout nous dire, vous comprenez ?

— Je vous dis tout mademoiselle, mais c'est vieux tout ça. Fouquet, je ne sais plus si je l'ai vu ou si je lui ai parlé au téléphone. Et j'ai aussi vu un de ses gars.

— Qui ?

— Si vous croyez que je me souviens des noms de tous le gens que je rencontre.

Rochard s'énerve et tape du poing sur la table.

— Renzini, vous avez intérêt à retrouver la mémoire tout d suite, sinon votre dossier file à Bercy.

— Ah oui, ça me revient. Un petit gars râblé. Simoneau je crois.

— On va vérifier tout ça, Renzini. Mais je vous prévien pas un coup de fil à Fouquet ou à ce Simoneau. Tout le mond est sur écoute et je le saurai.

— Et ?

— Et je porterai moi-même votre dossier à Bercy, menac Agnès Vézin.

Une fois Renzini reparti, Rochard tape dans la main d'Agnè Vézin.

— Parfait, vous ne vous êtes pas laissée impressionner, féli cite Rochard.

— Merci commissaire. Mais le coup des écoutes télépho niques, c'est du bluff ?

— Évidemment, sourit Rochard. Maintenant que la rétro commission est avérée, il nous reste à comprendre commen Fouquet et Cap Green ont été poussés à verser 50 000 € au Parti populaire nationaliste français.

— Ça me paraît assez simple, commissaire. La nouvell équipe de Saint-Gramond a découvert le pot aux roses dans la comptabilité de la municipalité, et compte tenu de la réputa- tion de transparence et de citoyenneté de Cap Green, le Part nationaliste a exercé un chantage tout bête et tout simple.

— Sans doute, Vézin. Bon, cap sur la Vendée pour vérifier tout ça, conclut Rochard en envoyant un court SMS à la pro- cureure : « La pêche a été bonne en Méditerranée ! »

VI

Ce matin, Jérôme Fouquet, d'habitude si positif, si entreprenant, est enfoncé dans le canapé de son vaste salon, l'air absent. Dans le jardin, les deux palmiers sont balayés par les violentes rafales de suroît. Le ciel est bas et gris. Les grains succèdent aux grains. La pluie, mêlée de grêle, claque sur les baies vitrées.

Dans cette obscurité, avec le bruit du vent et des averses, le PDG de Cap Green a la curieuse sensation d'être comme dans le carré d'un bateau en pleine tempête. Sa vie est comme le voilier imaginaire qu'est sa maison : à la cape, faisant le gros dos au milieu des éléments déchaînés, une petite voile bordée à contre, le gouvernail bloqué sous le vent. La sécurité illusoire est dans le carré, le danger et la fureur sont dehors. À commencer par le dernier appel du commissariat des Sables-d'Olonne le convoquant pour le début d'après-midi.

Toute la nuit, Jérôme Fouquet a ruminé le mauvais film des événements. Grâce à son carnet d'adresses dont chaque nom égrène autant de pouvoirs, qu'ils soient politiques ou administratifs, Fouquet a eu connaissance de la note du parquet financier concernant un versement de 50 000 € de son entreprise, Cap Green, au bénéfice du Parti populaire nationaliste français *via* une société écran.

Depuis, sa vie tourne au cauchemar. S'il avait bien été mis au courant d'une opération de chantage politique, il n'a bien évidemment pas signé ni cautionné un tel virement, surtout vers un parti à l'opposé de ses idéaux et de son parcours. Depuis la première lettre anonyme menaçant de rendre publics ses liens financiers avec le PPNF, il ne parvient pas à comprendre qui l'a trahi, et pourquoi.

Les yeux rougis par tant d'heures passées à la lumière bleue de son ordinateur, Jérôme Fouquet a fini par identifier une anomalie dans la comptabilité de son entreprise : un virement vers une société inconnue de Chypre, d'un même montant de 50 000 €. Problème, le virement est bien signé de sa propre main. L'objet, vague, fait état du paiement d'études pour la réalisation de lignes de bus en site propre. Une des spécialités de Cap Green. Qui a pu faire le coup au sein de sa boîte ? Pas facile, l'encadrement ayant grossi au rythme de la croissance de Cap Green. Et surtout, quel rapport avec la politique ? Jérôme Fouquet sait bien que sa réussite a entraîné bien des jalousies et des fausses rumeurs. Mais il sait aussi qu'il n'a jamais trempé de près ou de loin dans le moindre financement politique, ni directement, ni *via* les chemins plus tortueux des trop fameuses sociétés d'études aux mains de proches d'élus locaux ou nationaux.

— Mais qui va me croire ?

Trop habitué du système médiatique et surtout du vaste pilori que sont souvent les réseaux sociaux, Jérôme Fouquet s'attend à un lynchage en règle dès que l'info aura transpiré, ce qui ne saurait tarder. Ce n'est pas tant les répercussions financières sur son entreprise qui le tracassent. Sa peur est bien plus celle de voir son image entachée d'un soupçon qu'il sera impossible de laver.

Il se sait orgueilleux d'avoir été l'un des premiers à faire rimer écologie et développement économique durable, sans jamais rien céder aux pratiques du « vieux monde ». Un orgueil, une fierté, trop ancrés en lui pour s'accommoder d'une suspicion permanente. Il ne saurait y survivre.

C'est bien cela qui le plonge dans des ténèbres depuis deux jours.

Toujours impassible, Fouquet avale un café, puis file en voiture au commissariat. Les essuie-glaces ont du mal à étaler les tonnes d'eau d'un grain encore plus violent que les autres.

— Tiens, vous avez laissé tomber le vélo électrique, s'amuse le commissaire Rochard en l'accueillant. L'écologie, ce n'est que par beau temps ?

Au fond du bureau, la capitaine Agnès Vézin affiche une moue de réprobation. Le langage un peu trop vert du commissaire sur l'écologie et ses défenseurs l'exaspère.

— La caricature vous va mal, commissaire. La voiture, c'est une Renault Zoé, électrique, elle aussi. Je sais que vous me rangez dans la catégorie « bobo – donneur de leçons – hypocrite ». Je n'essaierai donc pas de vous convaincre de la sincérité de mes engagements. J'aimerais juste être certain de votre impartialité, et vos sarcasmes banals et attendus me font craindre l'inverse.

Rochard encaisse les coups sans ciller. Il sent que Fouquet a changé. Le personnage sûr de lui et arrogant, comme il peut l'être sur les plateaux TV avec ses contradicteurs, est devenu un animal blessé.

— M. Fouquet, ce n'était qu'une boutade. Mais vous avez raison, restons sur les faits, de manière impartiale. Vous et votre société apparaissez sur un listing de donateurs du Parti populaire nationaliste français, à hauteur de 50 000 €, en contravention avec la loi sur le financement de la vie publique. Vous tombez aussi sous le coup de la législation car ce don, non déclaré, a été réalisé *via* un paradis fiscal. Qu'avez-vous à répondre ?

Jérôme Fouquet feint la surprise étonnée.

— Commissaire, est-ce une plaisanterie ? Vous me voyez, moi, financer ce parti nationaliste ?

— Non, précisément, intervient Agnès Vézin. Nous ne demandons qu'à croire à votre sincérité. Mais d'autres financeurs du PPNF l'ont fait, victimes de chantage.

— Nous sommes vraiment en pleine science-fiction Mais, admettons, ne serait-ce que pour aller au bout de vot construction purement intellectuelle. Quel est le rapport ent vos allégations et l'enquête sur la mort d'Erwan Sauzo car c'est bien dans ce cadre que vous m'interrogez, rassu rez-moi ? Bercy n'a pas une nouvelle antenne d'investigatio aux Sables-d'Olonne ?

Le patron de Cap Green affiche un léger sourire assuré, ce tain d'avoir marqué un point. Mais la sérénité sans faille d commissaire l'inquiète.

— Vous pouvez être rassuré, M. Fouquet. C'est bien Berc qui s'occupera de ce qui ressemble à un chantage sur rétro commission. Un conseil : intéressez-vous au marché pass avec la régie des transports de Saint-Gramond, à des com missions occultes. La nouvelle équipe municipale du Par populaire nationaliste avait là matière à exercer le chantag dont je vous parlais. Mais là n'est pas mon propos ni mo enquête, vous avez raison.

— En ce cas, commissaire, je ne vois pas ce que je fai encore ici, lance Fouquet en se levant.

— Asseyez-vous, intime fermement Rochard. Je n'en ai pa fini avec vous. Le rapport que vous cherchez, il est dans l témoignage d'un jeune serveur du restaurant *L'Olivier*, là o vous avez pris votre dernier repas avec Erwan Sauzon avan le départ du Globe Race. Ce dîner ne ressemble en rien à l description que vous m'en avez faite. Le serveur se souvien parfaitement de vos disputes, du ton qui est monté. Il a clai rement entendu parler du Parti populaire nationaliste, mai aussi de nouveaux actionnaires « pourris ». Il a en mémoire des menaces proférées par Erwan Sauzon de vous quitte après cette course. Il l'a même entendu vous dire à plusieurs reprises : « Pourquoi tu nous trahis ? »

Jérôme Fouquet n'a même pas la force de nier. Il avait effectivement parlé à Erwan de cette lettre anonyme concernant un don de 50 000 € au Parti populaire nationaliste français. Et surtout des menaces de représailles médiatiques s'il cherchait à en savoir plus. Il s'était alors confié à Erwan, comme on le ferait à son propre fils, évoquant aussi l'arrivée d'un nouvel actionnaire à Cap Green. Mais son skipper avait alors douté de sa sincérité. Et ça, Jérôme Fouquet l'avait ressenti comme une lame glacée dans le dos. Un summum d'ingratitude. Lui qui a tout fait pour Erwan Sauzon, jusqu'à accepter de cacher sa maladie et prendre beaucoup de risques en le laissant partir autour du monde, jusqu'à se laisser convaincre de faire embarquer un équipier à son bord. Tout ça pour se faire accuser de trahison.

Face à lui, le commissaire Rochard devine la tempête soufflant en rafales dévastatrices sous le crâne de Jérôme Fouquet. Aussi décide-t-il de rester impassible, silencieux. Inutile d'en rajouter, jusqu'à ce que les yeux de son interlocuteur se relèvent enfin.

— Jérôme Fouquet, pour la dernière fois, avez-vous des informations à nous apporter sur la mort d'Erwan Sauzon ?

— Mais enfin, commissaire, vous ne voyez pas que je l'aimais comme mon propre fils. Moi aussi je donnerais tout pour comprendre, s'emporte-t-il.

— J'entends, M. Fouquet. Mais les faits, têtus et parfaitement impartiaux, laissent apparaître de larges zones d'ombre vous concernant. Je vous demande de ne pas quitter la ville et de rester à la disposition de la justice. Il y a fort à parier que la juge d'instruction souhaitera vous entendre et sans doute vous mettre en examen.

Rochard, pressé d'en finir, raccompagne Jérôme Fouquet à la porte du commissariat. C'est qu'il a son rendez-vous mensuel et habituel à Nantes avec le correspondant régional du

Figaro et du *Point*, Jean-Baptiste Zyette. Un moment d'amiti et de joyeux délire très généralement impertinent et irrévéren cieux qu'il ne manquerait pour rien au monde.

Ces deux-là se sont connus il y a quelques années lors d'un sordide affaire d'enlèvement d'une adolescente, suivie d'u meurtre particulièrement odieux. Le courant est tout de suit passé entre eux. Rochard, qui déteste le buzz et le sensation nalisme, a tout de suite apprécié la distance, la mesure et l respect de Zyette dans son travail, tout en ne lâchant rien su le fond. Et surtout, il est client de l'humour au second degré quand ce n'est pas plus, du journaliste du *Figaro*.

Ils ont l'habitude de se retrouver à *L'Atelier d'Alain*, rue de Olivettes, dans un des anciens quartiers populaires de Nantes Le patron a le double avantage d'être un cuisinier talentueux e inventif, mais aussi d'être un très bon compagnon de comptoi et de fin de repas.

— Salut Rochard, tu tombes bien. J'ai une photo à te montrer.

— Je crains le pire, se contente de soupirer le commissaire en acceptant le verre de muscadet de la bienvenue.

Et Jean-Baptiste Zyette de sortir de la poche de son imper la photo d'une femme assise, l'air songeur, en train de lire un livre sobrement intitulé *J'ai épousé un con*.

— Dis donc Jean-Baptiste, ce ne serait pas Julie, ta femme, sur la photo ?

— C'est bien ce qui me plonge dans des abîmes de perplexité, cher ami. J'ai reçu cette étrange photographie par courrier, sans mot d'accompagnement, sans rien. Je ne sais donc pas s'il s'agit d'une plaisanterie conjointement fomentée par ma femme et un ami farceur. Ou est-ce un message plus sérieux que Julie veut me faire passer ? Une sorte de message *subliminable*, lâche-t-il en souriant, visiblement satisfait de son bien mauvais jeu de mots.

— On connaît l'auteur du livre, demande Rochard amusé ? 'est peut-être mon ex-épouse qui m'en a tellement dit sur la ıestion ! Mais je pense qu'au moment de notre divorce, elle ırait plutôt écrit « j'ai épousé un gros con ».

— Je ne suis pas certain que le poids change quelque chose l'affaire, rétorque le journaliste. Le régime basses calories ‹iste et n'est pas si difficile à mettre en place. En revanche, . thérapie rendant moins con reste à inventer !

— Y a pourtant un sacré marché en jeu, s'exclame Rochard. i demain l'institut Pasteur trouve un vaccin contre la conne-e, sa fortune est faite pour au moins vingt générations.

— Certes, mais imaginons que Julie croie sérieusement ce ue suggère le titre de son livre. Du coup, pensait-elle que étais déjà un con au moment de notre mariage ? Si oui, pour-uoi m'avoir passé la bague au doigt ?

— Excellente question cher ami. J'avoue m'être toujours emandé pourquoi une aussi belle femme, si brillante, a jugé pportun d'envisager une vie commune avec toi. C'est un ıystère insondable, lâche Rochard.

— Venant d'un ami, ça fait toujours plaisir, tente de s'of-ısquer Jean-Baptiste. Mais la question est finalement quasi arwinesque, poursuit-il.

Rochard, sentant la longue digression venir, remplit son erre, histoire d'être ravitaillé en vol au cas, probable, où le ıonologue de son camarade deviendrait interminable.

— Le con naît-il con, ou le devient-il petit à petit au contact e ses congénères, au fil de l'éducation qu'il reçoit ? s'interroge n pérorant Jean-Baptiste Zyette. Existe-t-il une explication ıtionnelle à la lente évolution vers la connerie ? Devient-on on pour s'adapter à une pratique majoritaire, pour survivre ?

À cet instant, tous les clients du restaurant sont happés par e numéro surréaliste et sonore du journaliste du *Figaro*. Ce ui n'empêche en rien Jean-Baptiste Zyette de poursuivre sa ɔngue tirade, toujours aussi théâtral :

— En fait, vois-tu, le problème des cons est qu'ils ont le plu généralement un mal fou à vivre en bonne intelligence. Le co est même prosélyte. Il évangélise et répand sa connerie comm d'autres le firent avec la bonne parole.

— Bon, t'as fini tes délires, le coupe Rochard. Tu sai comme moi que ta femme t'adore et que cette photo n'es qu'un gag.

— Que tu dis, mon ami. Je crois plutôt qu'elle me garde pa faiblesse ou plus sûrement par peur de l'ennui.

— C'est vrai que cette description te convient parfaitemen s'amuse Rochard.

Et la soirée de se poursuivre, joyeuse, impertinente. L'amiti y coule à flots. Ce qui n'empêche pas Jean-Baptiste Zyette, e bon journaliste, de tenter de tirer les vers du nez du commis saire Rochard. Et il le fait bien évidemment en fin de soiré quand l'attention de son interlocuteur baisse à mesure que l consommation du produit de différents vignobles augmente.

« *In vino veritas* », se dit Zyette. « J'ai les proverbes pou moi… »

— Et au fait, ta drôle d'enquête sur le Globe Race, ça donn quoi mon ami ?

— Je ne vois pas ce qu'elle a de drôle, rétorque Rochard.

— Bah excuse-moi, mais un type qui gagne la plus grand course en solitaire et qu'on retrouve mort à sa table à carte après avoir coupé la ligne d'arrivée sous pilote automatiqu ça ne court pas les rues. C'est même un cas unique selon le archives de la presse et des moteurs de recherche. T'as de pistes ?

— Celles que tu as lues dans tes journaux préférés.

Jean-Baptiste Zyette fait la moue, puis semble se désinté resser de l'affaire en prenant une bouteille trônant sur le zinc

— Un petit dernier, Rochard ? Alain a un vieux rhum d Cuba exceptionnel. Le Paticruzado. Tu vois, t'as deux marin s jambes croisées sur l'étiquette. Je peux te dire que ce n'est s le rhum de monsieur Tout-le-Monde. Sens-moi ça ! Du ır produit local. Che Guevara en prenait au petit déjeuner, est te dire !

— Dis-moi Zyette, tu ne me prendrais pas un peu pour le aireau de l'année ?

— Le perdreau de l'année, pas le blaireau, rectifie Jean-ıptiste Zyette dans un éclat de rires.

— Ouais, peut-être, n'empêche que ton coup de tenter de e faire picoler pour m'arracher des infos, c'est gros comme n pif.

— Tout de suite les gros mots, se plaint le journaliste du *garo*. Donne-moi au moins une petite piste ?

— O.K., intéresse-toi de près à Jérôme Fouquet.

— Le donneur de leçons climatiques ?

— Lui-même.

Et les deux compères de siroter ce Paticruzado. Le dernier, ur la route…

Le lendemain, l'ambiance est bien différente aux Sables-Olonne. Un samedi triste et pluvieux.

Dès 17 heures, le port est enveloppé dans la bruine. Les ux des voitures transpercent déjà la pluie fine tandis que les ares d'entrée du chenal, éteints, attendent l'heure officielle.

Jérôme Fouquet achève péniblement une journée oppres-nte. Il a laissé son téléphone sonner, sans jamais répondre, ême à ses amis les plus proches. Depuis la disparition de ıthalie, l'amour de sa vie, dans un accident d'hélicoptère, son ıvail, sa « mission » au sein de la société, ont été ses seules et iques béquilles. Et tout risque de s'écrouler pour une banale faire de corruption, une trahison d'un de ses collaborateurs, ais aussi une vilaine rumeur de nouveaux actionnaires infréquentables. Sur l'écran blanc de son smartphone, dura ses nuits noires, il imagine les messages vengeurs des vra ennemis, des faux amis. Qu'importe la vérité, qu'importe s innocence, le mal sera fait. Lui d'habitude si costaud n'a pl envie de se battre. Il marche seul sur la digue du port, sa réfléchir, tel un automate.

En contrebas, à marée descendante, un homme, la trentain une dégaine de pêcheur, observe, depuis un petit bateau, l'i connu marchant sur la jetée. Sans rien connaître de la v de Jérôme Fouquet, il sait à sa démarche que les choses tournent pas rond. Des gars traînant leur misère sans but plein hiver, près de l'eau, il en a déjà vu. Son flair le prévie du danger.

Fouquet s'arrête un moment, fixant l'écran de son sma phone. On vient de lui transmettre par WhatsApp la captu d'écran d'un tweet assassin : « Politique, actionnaires Fouquet mange à tous les râteliers, sans éthique ni morale, ce n'est celle du caniveau. »

À la godille, le pêcheur fait avancer son petit bateau sa le moindre bruit, jusqu'au pied du bout de la jetée. Tapi da la pénombre, il se tient prêt à intervenir au cas où l'homn tenterait un geste désespéré.

Pris d'un vertige existentiel, Jérôme Fouquet se jette à l'ea De désespoir, de manière instinctive, sans même comprend son geste. Son corps tombe à deux mètres de la barque.

Fort comme un Turc, le pêcheur sablais plonge et s'empa du candidat au suicide. Il le remonte à bord sans trop de dif cultés, malgré l'eau glaciale.

— Même ça, je le rate, se désole le PDG de Cap Green, regardant son sauveur.

— Te bile pas mon gars, avec moi, tu vas trouver enco plus minable que toi. Je vais te raconter ma vie et tu vas sentir plus léger, lâche le pêcheur en démarrant le moteur sa barque.

Une fois revenu au ponton, il apostrophe le candidat au icide.

— Je te préviens, ce serait mieux de te sécher chez toi. Dans a cabane, il fait plus froid dedans que dehors. Et vu ton ostard, ce ne sont pas les problèmes d'argent qui t'ont mené la baille, pas vrai ?

Instinctivement, Jérôme Fouquet est heureux d'être tombé ır ce type. Il n'aurait pas supporté la fausse empathie mora-satrice des gens qu'il a l'habitude de fréquenter. Les phrases anches et directes, quasi brutales, de son « sauveur » tombent point nommé.

— Bon, dis donc Moïse, on y va ? Sinon c'est de froid qu'on a mourir, comme deux cons, prévient le pêcheur.

Reprenant quelque peu ses esprits, Jérôme Fouquet le onduit à sa voiture. Elle veut bien démarrer malgré le bain rcé de sa clé électronique.

Revenu au confort et à la chaleur du vaste salon de sa mai-on, après une douche chaude, des habits secs pour deux et n thé brûlant, Jérôme Fouquet écoute son jeune sauveur lui conter sa vie, son histoire.

Gilles Chamfort est loin d'être un inconnu aux Sables-'Olonne. C'est même un enfant du pays. Fils d'un patron e pêche à l'ancienne de La Chaume, il a lancé ses premières gnes et remonté ses premiers casiers à l'âge de 14 ans.

— J'avais la cote à La Chaume, se vante-t-il. Les mères e mes potes me citaient en exemple : un garçon volontaire, ujours prêt à donner un coup de main ! Le fils parfait quoi !

Et de poursuivre son parcours d'enfant pas vraiment gâté. ses 18 ans, il connaît un terrible drame. Un de plus après la ort de sa mère, survenue alors qu'il apprenait juste à faire es premiers pas.

Resté exceptionnellement à terre un jour de grande arée, Gilles Chamfort ne verra jamais revenir son père.

On retrouvera sa barque vide. Comme le temps était plut maniable ce jour-là, les rumeurs ont vite véhiculé l'idée d'u suicide. C'est vrai que le père Chamfort était criblé de dette Son refus de se moderniser, de faire évoluer ses technique de pêche l'ont coulé par le fond. Il refusait de s'explique se contentant de répéter à l'envi un proverbe amérindien « Lorsque le dernier arbre aura été coupé, la dernière rivièr polluée et quand le dernier poisson aura été pêché, alors o saura que l'argent ne se mange pas. »

— C'est tellement vrai, soupire Fouquet.

À la disparition de son père, Gilles Chamfort veut donne un coup de pied au destin pour ne jamais finir comme lu Car il a toujours pensé que le « vieux » avait certainemen choisi de quitter volontairement ce monde, cette société q le « débectait ».

— Du coup, je me suis exilé aux antipodes, dans le Pacifiq et l'océan Indien, pour chercher meilleure fortune. Je n'ai e aucun mal à trouver des embarquements sur ces immense bateaux de pêche, ces bateaux-usines où l'on attrape le tho par dizaines de tonnes dans d'immenses filets.

Très vite, il gagne bien sa vie, profite de son argent pou s'offrir des plaisirs inconnus du temps du petit ligneur familia des Sables-d'Olonne. Puis, peu à peu, insidieusement, un haut le-cœur le gagne à chaque fois qu'il voit ces navires industriel vider la mer de tonnes de vies, sans discernement, sans respec des espèces et de leurs chances de survie. À observer l'océa se changer en cimetière, il fit comme beaucoup à bord, se cha geant à coups de stupéfiants pour oublier, pour tenir le coup La vue d'un banc de dauphins pris au piège de l'immens chalut du bord fut le choc de trop. Les sauts des dauphins prè des côtes vendéennes étaient une de ses plus grandes joie d'enfant. L'agonie de ces mammifères joueurs, vifs et rieur dans la cale l'a réveillé des douces effluves et torpeurs d nnabis. « L'argent ne se mange pas », se répéta-t-il, pensant son père, au trou qu'il avait fait dans l'eau, tournant le dos ce monde devenu fou.

— Et alors, qu'as-tu fait ? demande Jérôme Fouquet.

— J'ai tout envoyé balader, résume Gilles Chamfort.

Il est ainsi passé sans arme ni bagage de l'autre bord : volon-ire chez Sea Survive, une puissante association de combat ntre la pêche industrielle.

Sea Survive affrète des bateaux pour aller au combat, au ns littéral du terme. Gilles Chamfort a ainsi effectué plu-eurs missions en mer de Cortés, dans le golfe de Californie, ı nord-ouest du Mexique. Là-bas, les braconniers, pêcheurs légaux, se conduisent comme les pires des cow-boys lors la conquête de l'Ouest, détruisant et tuant tout sur leur assage. Et notamment le marsouin vaquita, aujourd'hui en anger critique d'extinction.

— Et comment es-tu revenu t'échouer ici ? demande ouquet.

— Un grave incident en mer de Cortés précisément, explique illes. Les braconniers ont un jour décidé d'arraisonner le ateau de Sea Survive. Une vraie scène de guerre. Ils ont lancé es poids de plomb sur les hublots de la timonerie, des cock-ils Molotov sur le pont. Le capitaine du navire de l'ONG ous a demandé de garder notre sang-froid, sûr de la puissance nos moteurs pour échapper aux braconniers en furie.

— C'est tout ?

— Non, malheureusement. Le destin a voulu qu'un harpon trouve à côté de moi, sur le pont. J'ai visé un des marins exicains lorsque leur bateau était quasiment bord à bord. Je ai touché en plein cœur.

Grâce à la vitesse du bateau, l'équipage de Sea Survive a pu chapper au lynchage vengeur. Mais Gilles Chamfort a ensuite té logiquement débarqué et exclu de l'association.

— D'où ton retour ? interroge Jérôme Fouquet.

— Ouais. Je suis revenu squatter une ancienne baraque d
pêcheurs en bois, près des cailloux de la pointe. L'ancien pet
bateau de mon père est ma seule fortune. Mais tu vois, je perd
pied. Je ne suis plus que rancœur et amertume. Et toi, pourquo
tu t'es jeté à la baille ? demande à son tour Gilles Chamfort

— Je suis accusé à tort de magouilles financières et pol
tiques, et je suis le sponsor d'Erwan Sauzon, le vainqueur d
Globe Race que l'on a retrouvé mort après la ligne d'arrivé
Là aussi, la police et les journalistes me croient impliqué. Ra
le bol, pas envie d'assumer toute cette boue, résume Jérôm
Fouquet, laconique.

— Si tu n'y es pour rien dans toutes ces histoires, pourquo
tu te prends le chou ? T'as ta conscience pour toi, non ?

Jérôme Fouquet sourit. La phrase du jeune pêcheur est u
vrai début de réconfort.

— Tu as sans doute raison, mais c'est plus compliqué qu
ça, tempère Jérôme Fouquet.

— Pourquoi ? Tu as raison ou tu as tort, non ? Tu dis vrai o
faux, non ? Y a pas d'alternative, pas vrai, lui rétorque Gille
Chamfort.

— En théorie, oui. Mais dans mon cas, ce n'est pas aus
simple.

— Je ne comprends pas, lâche le jeune pêcheur, l'air sévère

Jérôme Fouquet le regarde longuement, en silence. Pu
répond doucement, étrangement calme après son act
désespéré.

— Gilles, à toi je peux le dire, après tout. Je suis embarqu
dans une affaire dont je ne vois pas le bout ni l'issue dans c
Globe Race. Tu sais, on a découvert une maladie grave che
Erwan Sauzon, quelques semaines avant le départ. Mais
voulait tellement réaliser son rêve de gosse, courir le Glob
Race, qu'on a triché pour lui offrir son « Everest des mers

vant que la maladie ne fasse les ravages prévisibles. Avec on médecin et un ami, on a caché son mal et surtout on a fait nbarquer un jeune équipier à bord. Juste pour l'aider en cas e crise aiguë, pas pour tricher en mer, hein ! D'ailleurs, ce une type, qui a débarqué la veille, n'a touché à rien à bord, 'a apporté aucune aide. Il était juste là pour le ramener à on port s'il tombait gravement malade, ou pire, s'il venait mourir.

Gilles Chamfort est estomaqué par la révélation de Fouquet.

— Putain, c'est dingue votre truc, là…

Le jeune Sablais reprend son souffle.

— Mais alors, Erwan Sauzon, il est mort quand ? Et de quoi ?

— Il est mort la dernière nuit ou au petit matin de l'arrivée, ar nous l'avons vu en mer pour débarquer son équipier.

— Et il était comment physiquement ?

— C'est là que c'est incompréhensible. On était avec son médecin, qui l'a trouvé très bien. Moi aussi je l'ai vu en bonne orme. Et le lendemain matin, le cauchemar absolu avec cette mage de bateau fantôme, passant la ligne sous pilote automaique, avec un marin mort à bord.

— Oui je sais, j'ai vu ça à la télé à La Chaume. Irréel. Mais uelles peuvent être les causes de la mort ?

— Le médecin pense à un accident cardiovasculaire, une rise cardiaque ou une rupture d'anévrisme qui peut être causée par un état d'épuisement physique et nerveux.

Un long silence s'établit à nouveau entre les deux hommes. ls se jaugent du regard, cherchent instinctivement ce qu'il onviendrait de faire, de dire pour aider l'autre. Et paradoxaement, ce défi naissant retend un peu le ressort de leurs vies assées, cabossées.

— Y a un risque que tout ça se sache ? interroge Gilles, oujours franc et direct.

— Forcément, concède Jérôme, heureux de pouvoir enf mettre des mots sur les tourments qui l'obsèdent. Mais, tu voi ce n'est pas pour moi que ça m'inquiète, au point où j'en sui Non, c'est surtout pour le jeune type qu'on a fait embarqu à son bord. Lui a toute la vie devant lui et on a risqué de l pourrir à tout jamais si ça se sait… Pauvre gosse. On a fa une folie, une folie, répète Jérôme Fouquet, en se prenant tête entre les mains.

Gilles Chamfort jauge la situation.

— Arrête de te morfondre, gars. En fait, c'est une bel histoire de marins, votre truc. Ce n'est absolument pas de triche. Les gens, les vrais, peuvent comprendre, tu sais, assur Gilles, sur un ton assuré et convaincant.

— C'est gentil, Gilles. Mais toi tu es un marin, tu connai la mer, le large. Le grand public, les gens devant leur télé o internet, ils vont penser qu'on l'a fait pour le fric, pour la pub la com'. Et surtout, y a cette mort à la fin. Je suis incapable d vivre avec ça sur la conscience, je le sens, je le sais.

— Bah moi, je te dis que tu dois vivre. Y a rien de honteu dans ce que t'as fait, au contraire, le coupe le jeune Sablais Et je t'aiderai à tenir, t'as pas le choix mon pote.

— Lundi, je vais être convoqué par le juge d'instruction, j vais être mis en examen. Il va falloir répondre aux question du juge, des enquêteurs, des journalistes. Je t'assure, je sui incapable de supporter cette pression.

— Dans ce cas, t'as qu'à disparaître. Ça a failli être le ca si je ne t'avais pas sorti de la baille. Tu pourrais très bien êtr mort à l'heure qu'il est, lui rappelle Gilles Chamfort avec so franc-parler.

— Comment ça, t'as qu'à disparaître ? relève Fouquet.

— Bah oui. Si t'as peur de parler, de craquer, cache-toi laisse une lettre annonçant ton suicide, ta disparition.

— Ça ne marchera jamais, on ne disparaît pas comme ça, tranche Fouquet.

— C'est pourtant ce qui a failli t'arriver ce soir. Tu as la nuit pour réfléchir. Essaie au moins de gagner un peu de temps, conseille Gilles Chamfort.

En désignant le grand et très élégant canapé en cuir rouge, le sauveur d'un jour demande s'il peut s'allonger là et essayer de dormir un peu.

— Évidemment, je te sors des couvertures.

— Et toi, ça va aller Jérôme ?

— Je vais réfléchir à ton idée, lui répond son hôte en se dirigeant vers sa chambre.

VII

Le jour se lève à peine sur Les Sables-d'Olonne. Le vent t la pluie ont baissé d'intensité durant la nuit. Un pâle soleil erce même entre des nuages de plus en plus clairs et inoffen-ifs. Jérôme Fouquet n'a quasiment pas fermé l'œil de la nuit t regarde Gilles Chamfort dormir profondément dans le vaste anapé rouge. Il lui tapote légèrement l'épaule.

— Gilles, il est 9 heures. Tu veux un café ?

— T'es un matinal, toi, remarque le pêcheur sablais, les eux gonflés de sommeil et de rêves salés.

— C'est que je vais partir bientôt. J'ai bien réfléchi, je dois uitter la maison et Les Sables-d'Olonne avant que la police e me convoque ou, pire, débarque ici dès demain matin.

— Et tu vas aller où ?

— Là où personne ne me cherchera en plein hiver. J'ai un le mes meilleurs amis, actuellement à l'étranger, qui a un joli ateau au Crouesty dans le Morbihan, un Atlantis 44, dont l laisse toujours les clés dans la baille à mouillage. Je vais ui emprunter, comme il me laisse le faire habituellement en oute confiance, et me balader dans les îles et les petits ports le Bretagne, incognito. C'est la meilleure planque. Les flics hercheront dans les hôtels ou les locations, pas en mer. Et ce oli voilier de 13 mètres n'est pas à mon nom. Impossible de faire le rapprochement.

Jérôme Fouquet fixe alors intensément son « sauveur ».

— Gilles, ça te dirait de venir avec moi ?

— Ouais, carrément, lance le jeune pêcheur, enthousiaste.

Jérôme pousse un long soupir de soulagement.

— Génial, je ne me sentais pas trop de naviguer tout seul. T
vas voir, il est top le bateau. Couchettes confortables, chau
fage, douches, cuisine équipée avec four et frigo. De quoi fai
une cavale 5 étoiles !

— T'es sûr que ce n'est pas une caravane, ton trois pièc
cuisine, là ? Elle flotte, au moins, ta barcasse, avec tout
matos à bord, ironise le pêcheur, qui ne perd pas les bons vieu
réflexes de railler le confort des « plaisanciers ».

À ce petit jeu, Jérôme Fouquet n'est pas en reste.

— Par belle brise et sous spi, on va les laisser sur place, le
chalutiers bretons ! Ils ne pourront qu'admirer notre tablea
arrière.

— C'est ce qu'on verra. Et on part quand ?

— Le temps d'une bonne douche et je vais te passer de
fringues chaudes, des cirés, bref de quoi faire un sac bie
rempli, glisse Jérôme Fouquet.

— Et finalement, t'as décidé de laisser un mot ou de dispa
raître sans rien dire, sans explication ?

La question glace un peu les bribes d'enthousiasme perçar
ce matin sous l'épaisse couche d'emmerdements de la vie sen
dessus dessous de Jérôme. L'atmosphère rassurante du salor
la bonne odeur du café et des tranches de pain à griller avaier
un peu allégé le poids du désespoir.

— J'y ai pensé cette nuit. J'ai envie de laisser un mot, pa
trop clair, histoire de brouiller les pistes, indique-t-il, tout d
suite plus sombre.

Jérôme Fouquet attrape une feuille de papier laissée sur la
table basse et la tend à son « sauveur ».

— Dis-moi ce que tu en penses ?

À voix basse, le jeune pêcheur lit les quelques lignes cou
chées sur le papier d'une écriture nerveuse et penchée : « J'a
décidé de partir. Je m'en excuse, mais tout devient trop du
à supporter. La mort injuste de ce jeune marin que j'aimai

ant, Erwan Sauzon, puis maintenant la boue des ragots et de la haine. Ce monde n'est plus le mien. »

Gilles Chamfort reste concentré sur ces quelques lignes, sans réaction.

— Ce n'est pas gai mais c'est bien, finit-il par commenter. On peut croire que tu vas te faire sauter le caisson ou juste changer de vie, disparaître.

— C'est exactement ce que je voulais, remercie Jérôme Fouquet. Allez, partons, la mer promet d'être belle, lâche-t-il, le ton plus enjoué et entraînant.

La route entre Vendée et Morbihan file agréablement à bord d'une berline louée au nom du jeune pêcheur. Sur les pontons au Crouesty totalement déserts en plein hiver, Jérôme Fouquet et Gilles Chamfort marchent avec leurs gros sacs et des provisions vers l'Atlantis 44.

— Ah oui, belle bête, note le pêcheur avec une pointe d'admiration non feinte pour la pureté des lignes et les aménagements extérieurs. À commencer par les coussins en cuir posés sur les bancs en teck du cockpit.

— Attends de voir l'intérieur, souligne Fouquet.

— Pourquoi ce nom d'*Aldébaran* ? questionne Chamfort.

— Mon ami, le proprio du bateau, a la passion de naviguer de nuit et de regarder le ciel, la voûte étoilée. Sans lumière, en pleine mer, le spectacle vaut la chapelle Sixtine. Et Aldébaran est une des étoiles les plus brillantes du ciel nocturne. Mais elle ne se contente pas de briller. Sa couleur orangée en fait une star céleste incontestée. Et son nom sonne bien.

Comme prévu, les clés du bateau sont bien dans la baille à mouillage, vaguement cachées dans les replis de la grosse chaîne en inox.

— Prends la cabine du « propriétaire » à l'avant, dit Jérôme à son coéquipier. Je préfère celle de l'arrière, pour être plus près de la barre et des instruments.

Gilles Chamfort ne se fait pas prier. Il siffle d'admiration. La cabine avant est composée d'un large lit double aux formes élégantes, soulignées par son armature en bois exotique au teint clair. Il y a aussi un petit bureau, avec son écran d'ordinateur ultra plat et un tapis en cuir pour écrire. Sans oublier des éclairages indirects, des petits ventilateurs fixés dans le bois, une bouche d'air pour le chauffage ou la clim', selon la saison. Et puis le must, le cabinet de toilette privé, avec une spectaculaire douche à l'italienne.

L'ancien pêcheur n'en revient pas. Tant de confort et d'élégance dans un voilier de 13 mètres, il ne l'aurait jamais imaginé.

— C'est mieux qu'une chambre d'hôtel, on est carrément dans une suite de luxe, commente-t-il.

— Suite d'un hôtel flottant, qui navigue vers les plus beaux mouillages de Bretagne, souligne Jérôme Fouquet. Tu vas voir, on va se régaler.

Le temps de ranger les courses et d'enlever les housses de protection des voiles en carbone, voilà notre équipage manœuvrant pour sortir du ponton. Là encore, l'ancien pêcheur est admiratif de la manœuvre et de la dextérité de son nouveau capitaine.

— Je n'ai aucun mérite, minimise Jérôme Fouquet. Avec les propulseurs d'étrave, ça se manœuvre tout seul, comme dans un jeu vidéo.

Un vent frais de nordet débarbouille le ciel de ses nuages. Gilles Chamfort enlève les pare-battages alors que le voilier sort du port, laissant la jolie petite chapelle en pierre sur son bâbord. Au vent du caillou vert de Méaban, entre la tourelle jaune et noire de Bagen Hir et la pointe de Port-Navalo, à l'entrée du golfe du Morbihan, Jérôme Fouquet place son Atlantis 44 bout au vent afin d'envoyer la grand-voile. Le jeune pêcheur sablais est surpris de se faire arroser par oments sur le pont, dans le court clapot levé par un vent de rre et la marée montante vers le golfe.

— On va où ? demande Gilles.

— À Hoëdic. Avec ce vent de terre, ce sera un petit galop entraînement. C'est à 12 milles, quasiment plein sud. nviron deux heures de nav', promet le skipper.

Un pronostic un peu pessimiste d'ailleurs. Une fois déroulé spi asymétrique, l'Atlantis 44 file à vive allure, entre 8 et nœuds. Une heure et demie suffira à rallier la plage de Portz-wen, sur la côte sud-ouest de l'île. Un mouillage discret et rfait par ces vents de terre.

Le contraste entre le grand spi bleu marine, éclatant au leil, et le sable blanc de la plage convexe bordant la pointe ord-est de Houat est magnifique. Puis viennent les tourelles les bouées du passage des Sœurs.

En parvenant à Portz-Gwen, Jérôme et Gilles sont surpris e ne pas être les seuls à avoir eu l'idée de mouiller ici, un manche d'hiver. Cinq à six voiliers sont bord à bord. Tous borent dans les haubans un joli pavillon blanc et noir et des avillons où l'on peut lire « Transquadra » flottent aussi à arrière de certains des voiliers.

Jérôme Fouquet choisit de s'éloigner de ces bateaux et ouille de l'autre côté de la baie, plus au sud. Alors que son capitaine » de cavale ferme le taud de la grand-voile, le êcheur sablais s'essaie aux jumelles du bord.

— Mazette. L'image est encore plus belle qu'au ciné -dedans, s'exclame Gilles, fixant son attention sur le petit roupe de bateaux à couple.

— La Transquadra, tu connais, Jérôme ?

— Oui, bien sûr. C'est une course réputée, en solo ou en ouble, réservée aux amateurs très éclairés de plus de 40 ans. 'est un peu la Route du Rhum des régatiers non profession-els, avec une première étape vers Madère et ensuite la grande

traversée vers le Marin, en Martinique. On veut la faire av
Michel, le proprio de ce bateau. Enfin, on voulait, car avec m
emmerdes, ce n'est pas gagné.

— Et ce drapeau dans la mâture, avec une croix noire su
montée d'une seule hermine ? interroge Gilles.

— Je crois reconnaître le pavillon du Club nautique ho
dicais, qui organise la Transquadra, précisément. J'aim
beaucoup. Ça se rapproche du Kroaz du, la croix noire, l'a
cien drapeau utilisé par les Bretons depuis le Moyen Âg
surtout en mer. Bon, tu m'aides à sortir l'annexe et à la gonfl
on va descendre à terre. Il reste deux bonnes heures de sol
et de jour.

Alors que leur voilier se dandine légèrement sur ce qui res
de houle venant de l'ouest et du large, les deux compagno
d'échappée maritime se dirigent vers la plage du Portz-Gwe

Le temps de remonter de quelques mètres leur canot pne
matique et les voilà empruntant un petit chemin menant a
cœur de l'île. Le sentier est sablonneux et la terre couverte
lichen et de tiges d'oyats, qui blondissent au soleil. Au loi
on aperçoit une église au milieu d'un village, où les petit
maisons blanches en pierre ont la même architecture, avec u
toit en ardoise marquant une forte pente, comme pour résist
aux bourrasques et aux tempêtes.

— On va aller se rafraîchir à *La Trinquette*. Le bar est aus
célèbre à Hoëdic que l'est *Chez Peter*, le café des sports
Horta, aux Açores, explique Jérôme.

Derrière le zinc, Véro, la patronne, discute avec deux hab
tués. La salle est petite mais chaleureuse. On y trouve aus
des journaux, des revues et des livres. Le regard de Jérôm
Fouquet est attiré par un livre montrant le superbe phare roug
et blanc des Grands Cardinaux. Alors qu'il le feuillette, il e
interpellé par Véro :

— N'hésitez pas à l'acheter, monsieur, lance la patron
du bar. Il est magnifique, comme notre grand phare. Le liv

édité par l'association qui l'a sauvé et réhabilité. Et profi--en, il n'en reste presque plus !

— Alors, ce sera deux demis et le livre du phare des Grands rdinaux, commande Jérôme Fouquet.

À son tour, Gilles Chamfort feuillette l'ouvrage.

— Je le connais ce phare, mais c'est vrai qu'il me paraissait ıs terne vu de loin.

En posant les deux demis sur la table, Véro répond à la narque du pêcheur sablais :

— C'est qu'ils l'ont entièrement restauré et repeint, jeune mme. Vous devriez aller le voir au coucher du soleil, c'est e pure merveille, conseille-t-elle.

— Pardonnez-moi, chère madame. Nous sommes venus en ilier et nous avons vu d'autres bateaux avec des drapeaux la Transquadra. Auriez-vous vu leurs équipages par hasard ?

— Ah, la bande à Mico ! Oui je les ai vus hier soir. Ils ivent traîner du côté du fort, à l'entrepont, au Club nau-ue hoëdicais.

Jérôme et Gilles sortent de *La Trinquette*. Le soleil d'hi-r est presque agréable. Devant le café, des amis jouent aux ules. L'ambiance est bon enfant, faite de rires et de discus-ns sans fin pour savoir qui est le plus près du cochonnet. ôme se dit que la vraie vie est sans doute ici, en contre-s d'une belle église et de son monument aux morts, sous la me très humaine d'une statue de jeune soldat de couleur rte, comme si la symbolique d'espoir de cette couleur devait ıjours l'emporter sur les tragédies de l'histoire.

Les deux compères décident d'aller au fort, au sud de l'île. passent devant la minuscule mairie, puis par une place où s enfants jouent sur une balançoire en bois, accrochée à la ›sse branche d'un pin vénérable, devant le *Café du repos*. jouent comme ont dû le faire leurs parents, puis avant leurs ınds-parents, sans avoir le nez collé sur un téléphone por-le. Plus loin, d'autres enfants, plus grands, improvisent une

partie de football sur un terrain aux herbes folles et aux bu
brinquebalants.

— Tu entends, Gilles, dit soudain Jérôme.

— Quoi ?

— Bah rien, précisément. Juste le bruit du vent dans l
arbres et les cris des enfants, au loin. C'est magique ça, p
une voiture, pas un scooter. Juste des familles qui profitent
leur dimanche.

— Et ?

— Eh bien, ce qui nous semble normal, presque banal, est
fait remarquable. Sur cette petite île, les gens vivent l'insta
doucement, sereinement. Ce qu'on ne sait plus faire dans l
métropoles, sur le continent. Y a même des gosses seuls q
ont l'air de s'ennuyer, sans portable ni télé. S'ils s'ennuie
c'est qu'ils peuvent rêver. C'est essentiel le rêve, Gilles. Ma
pour ça, il faut savoir perdre son temps, laisser du temps
temps comme disait le sphinx de l'Élysée.

— Eh bien, j'ignorais que j'embarquais avec un capitai
philosophe, ironise Gilles.

— Fous-toi de ma gueule, rétorque Jérôme. N'empêche q
ça respire les jours heureux ici.

À cent mètres du joli fort de type Vauban, Jérôme Fouquet
visse un bonnet cachant son front, ses cheveux et ses oreill
Il y ajoute un masque chirurgical. À tel point qu'on ne v
plus rien de son visage, déjà protégé par une grosse échar
et des lunettes de soleil.

— On peut savoir pourquoi tu te déguises en Fantôma
s'étonne Gilles.

— Je te rappelle que je suis en cavale, et les voileux de
Transquadra pourraient fort bien me reconnaître. En tout ca
plus qu'une patronne de bar.

— O.K., mais comment tu vas justifier ton masque ?

— Par une vilaine grippe et de fortes fièvres. La grippe, tue aussi sûrement que du temps du coronavirus. D'où le asque. Et puis maintenant, tout le monde a l'habitude d'en ir…

Les deux coéquipiers pénètrent dans le fort. Il y fait sombre, l'abri des larges pierres de taille. Un escalier les mène en us-sol vers l'entrepont, la salle du Club nautique hoëdicais.

La porte, restée ouverte, laisse filtrer des rires et des chants. ccoudés à un bar, original et élégant, fait de planches de bois air, une dizaine de membres du Club nautique hoëdicais, us en chemise rouge, entonnent « Partons, la mer est belle ».

— Ne restez pas là, venez boire un coup, dit l'un d'entre x, en apercevant Jérôme et Gilles.

— Le pêcheur sablais s'avance seul, expliquant que son marade de croisière fait œuvre de « distanciation sociale » ur éviter de refiler sa mauvaise grippe.

— Y'a pas de navettes venant du continent aujourd'hui, us êtes venus en voilier ? demande l'une des « chemises uges ».

— Oui, on démarre une croisière. On est d'ailleurs mouillés s loin de vos bateaux. Nous sommes partis du Crouesty matin. Hoëdic est notre première escale, avant de monter Bretagne nord, explique Gilles, dont le regard est intrigué r la photo d'un jeune marin arborant le pavillon du Club ëdicais devant un grand phare blanc, planté sur un rocher, milieu de l'océan. Le plus grand des « chemises rouges » approche de Gilles et de la photo.

— C'est ce pauvre Erwan Sauzon, devant le Fastnet, durant e course du Figaro. On l'a aidé au début de sa carrière. En tour, il est devenu membre du club et avait l'habitude de faire s photos en course avec notre pavillon. Regardez, celle-là a é prise en passant le cap Horn durant le Globe Race. C'est dernière de lui avec notre pavillon. Quelle tristesse… Celui

qui parle, Laurent Defrance, est le « grand Bidel », autreme
dit le capitaine d'armes du Club nautique hoëdicais. Il ren
joyeusement la justice et consigne ses décisions dans le gran
cahier des « punis ».

En entendant prononcer le nom d'Erwan Sauzon, Jérôm
Fouquet a reculé de deux mètres, se faisant oublier dans
pénombre, près de la porte.

— Pauvre gosse, lâche le « grand Bidel ». Je n'arrive pas
comprendre ce qui s'est passé.

Pris de court, Gilles se racle la gorge.

— Vous savez, je ne connais pas trop ce milieu. Mon copai
m'a déguisé en voileux, mais à la base, je ne suis qu'u
modeste et ancien pêcheur des Sables. À vrai dire, je n'ai pa
trop suivi cette histoire.

— Et on en dit quoi aux Sables ? insiste Mico Bolo, le pré
sident du Club nautique hoëdicais.

— Rien de plus que ce qu'on peut lire dans le journa
répond Gilles, hésitant. On dit que ce n'est pas clair tout ça. E
on est comme vous, malheureux et tristes pour ce jeune mari
Sentant le terrain mouvant, Gilles en profite pour orienter l
discussion vers le club.

— Alors comme ça, c'est vous qui organisez la fameus
Transquadra ?

— Absolument jeune homme. Aujourd'hui, c'est une jour
née de préparation, entre « chemises rouges », c'est-à-dir
entre bénévoles, dit fièrement Mico Bolo.

— Des bénévoles dans la voile, ça existe encore ?

— Oui, la preuve !

Un autre membre du club s'approche de Gilles et le tire pa
la manche.

— Viens, je vais t'expliquer.

Et de lui montrer les photos des réunions du club, visi
blement très festives, et une ribambelle de babioles et d
bizarreries. L'une retient plus particulièrement l'attention d

lles. Il s'agit d'une pièce en bois d'environ trois mètres sont disposés douze flacons en verre parfaitement transrent, marqués de un à douze. Sur l'objet, on peut lire Beaufortimètre étalon ».

— Ça a quelque chose à voir avec l'échelle de la force du nt ?

— Absolument, confirme Mico Bolo. Nous avons enfermé ns ces flacons tous les vents, du très calme force 1 à la npête force 12.

— Le verre du flacon 12 est brisé, fait remarquer le pêcheur blais, intrigué et amusé par cet appareil unique au monde.

— Forcément, comment voulez-vous que le verre de ces tits flacons résiste à une tempête de force 12 ? explique docment le président du Club hoëdicais.

— Oui, c'est logique, admet Gilles en se marrant.

— Alors si vous voulez étalonner votre anémomètre du rd, vous venez le mettre devant chaque flacon et vous l'ouez pour vérifier la force des vents. Plus scientifique, c'est possible, poursuit Mico Bolo. Le Beaufortimètre étalon ustre bien la philosophie du club : réunir des marins sérieux i ne se prennent jamais au sérieux.

— Ça me plaît ça, félicite Gilles. Je vous préfère aux vieux ourgeois en blazer qu'on peut voir sur le continent. Ils passent us de temps à frimer au yacht club qu'à naviguer en mer.

— Bon, les gars, on va peut-être éviter de lever l'ancre de iit, lance Mico Bolo en indiquant la porte de l'entrepont. 'est que demain, c'est le dernier lundi du mois, y a du boulot !

— Vous bossez uniquement le dernier lundi du mois, amuse Gilles ?

— Tu rigoles, on ne bosse jamais autant qu'à la retraite, recie Mico Bolo. Non, le dernier lundi du mois, c'est le DLM, savoir un apéro à Nantes, à la Maison de la mer.

— Vous savez vivre, vous, félicite Gilles.

En lui donnant une chemise du club, Mico lui don l'accolade.

— Reviens quand tu veux, tu seras toujours le bienven Tout comme ton skipper masqué et silencieux ! On verra enf le visage de Fantômas, blague le président du CNH en refe mant la salle du fort.

Suivant les conseils de la patronne de *La Trinquette*, Jérôn et Gilles se dirigent vers l'ancien port de l'île, le port de Croix, au sud-est d'Hoëdic. Le spot est effectivement idé pour admirer le phare des Grands Cardinaux, dont les couleu rouges et blanches fraîchement ravivées resplendissent au derniers rayons du soleil couchant.

Sur le chemin les ramenant à leur mouillage de Portz-Gwe les deux navigateurs ont droit à un coucher de soleil flar boyant, unique. L'astre s'efface derrière les côtes de Belle-Îl illuminant tout le ciel de tons passant du rose pâle au rouge v suivant la couleur et l'épaisseur des couches nuageuses. Av autant de reflets sur l'eau, dans le passage des Sœurs ent Hoëdic et Houat, et sur les sept milles nautiques les sépara de la pointe de Kerdonis, à Belle-Île. Un instant d'éternité.

Après une douce nuit, bercés par la petite houle du larg Jérôme et Gilles décident de lever l'ancre pour mettre le ca vers la côte sauvage de Belle-Île.

Au même moment aux Sables-d'Olonne, le commissai Rochard frappe à la porte du bureau de sa collègue Morin :

— Tu aurais deux hommes pour une perquisition ?

— Oui, sans problème Rochard, si tu me dis où et qui cherches.

— C'est pour faire un tour chez Jérôme Fouquet. Il ne pond pas au téléphone ni aux SMS, et d'ailleurs son portble ne borne plus.

— Tu crois qu'il s'est fait la malle? interroge la commisire Morin.

— Oui, ou alors il a mis fin à ses jours, estime Rochard.

— Pourquoi de telles extrémités?

— Fouquet est mouillé jusqu'au cou dans l'affaire du financment du Parti populaire nationaliste français.

— Alors, qu'est-ce qu'on attend pour aller le cueillir, ochard?

Deux voitures quittent le commissariat, toutes sirènes hurntes. Comme Rochard le craignait, l'oiseau s'est envolé, oit en cavale, soit outre-tombe. Le message qu'il a laissé sur table basse de son salon est suffisamment équivoque pour ıvisager la fuite ou le suicide.

— Bon, on lance un signalement, ordonne le commissaire ochard. Et il faut donner quelques biscuits à la presse sur sa ite, sans évoquer un possible suicide.

— Pour les biscuits, on va jusqu'où côté ingrédients? quesonne Morin.

— S'il est toujours de notre monde, je crois qu'il faut lui ettre une pression maximale, l'acculer pour le faire paniquer.

— Tu vois Rochard, moi j'irais plutôt crescendo. Une info ur la fuite d'abord pour laisser une chance au signalement. Et grosse artillerie ensuite si on n'obtient rien.

Le commissaire Rochard réfléchit quelques secondes, puis cquiesce.

— Morin, tu m'énerves à avoir toujours raison.

Peu sensible aux flatteries, la commissaire Morin en a tout e même le rouge aux joues. Car venant de Rochard, un comliment ne peut qu'être rare donc sincère.

À bord de l'Atlantis 44 *Aldébaran*, la croisière est paisib
Le pêcheur sablais se familiarise avec le réglage des voiles
l'accastillage moderne et efficace du pont. Le voilier file ve
de travers à plus de 7 nœuds.

Au large de Locmaria, en doublant la pointe belle-îloise
Kerzo, Jérôme regarde avec une tendre nostalgie les plag
entourant Port-Maria. Là où il est venu tant de fois jeter l'anc
avec Nathalie. Il entend presque les bruits habituels de l'ét
des plongeons dans l'eau, des jeux et des rires lointains d
enfants sur la plage. Le temps des jours heureux, si loin déj

En passant la pointe du Skeul, les deux coéquipie
découvrent la côte sauvage, puissante et déchiquetée
Belle-Île. La pointe du Pouldon, tout d'abord, puis ensuite l
merveilleuses aiguilles de Port-Coton, au pied de l'imposa
phare de Goulphar.

À cet instant, Jérôme demande à Gilles de sortir le nouvea
smartphone acheté en liquide au nom du pêcheur sablais ava
d'embarquer.

— Regarde, Claude Monet a peint quelques toiles ici, dit
patron de Cap Green en montrant les peintures sur son po
table. C'est incroyable d'avoir réussi à capter la lumière et
beauté fascinante de ces roches que l'on croirait découpées
la dentelle.

— Superbe, confirme Gilles. Pourquoi on l'appell
Port-Coton ?

— L'écume est tellement fouettée ici lors des tempêtes d'hi
ver qu'elle en finit par former des gros flocons mousseu
semblables à du coton. Petit, je trouvais plutôt que ça ressem
blait à de la neige, raconte Jérôme.

— Je te rends le portable, y a des alertes qui s'affichen
prévient Gilles.

L'expression du visage de Jérôme Fouquet passe rapidemen
de la rêverie poétique des toiles de Monet aux rides soucieuse

du coup de tabac qu'il subit depuis la mort d'Erwan Sauzon. Sur son écran, il peut lire ce titre de l'alerte du journal *Ouest-France* : « Enquête sur la mort d'Erwan Sauzon : le sponsor Jérôme Fouquet a pris la fuite, selon la police ». Le petit texte est illustré par une photo d'archive d'Erwan Sauzon et Jérôme Fouquet peu de temps avant le départ du Globe Race.

— Putain, merde, se lamente Jérôme. Il va falloir se faire encore plus discret.

— Pas de stress, mon ami, rassure Gilles. C'est logique que l'info sorte. Il nous suffit d'aller dans des coins discrets, et ça se calmera, tu verras. Les médias parleront vite d'autre chose. Il y aura bien une affaire politique ou une catastrophe naturelle pour faire oublier ta fuite.

— Tu as peut-être raison, concède Jérôme. Et ce soir, à Ster-Wen, ça m'étonnerait qu'on trouve des voisins de mouillage, tant ce fjord naturel est sauvage et loin de toute habitation.

Le voilier longe la côte sauvage de Belle-Île. Le spectacle est toujours magnifique. Vient la plage de Port-Donnant, surplombée d'une grande dune, puis la pointe du Vieux-Château. Derrière, une grande anse se découvre, Ster-Vraz. Et en y pénétrant profondément, on découvre sur tribord ce qui ressemble à l'abri idéal et protégé de tous les vents, Ster-Wen. Le mouillage est profond et étroit, un peu comme les « calas » méditerranéennes.

— C'est fantastique ici, ne peut s'empêcher de dire Gilles en préparant le mouillage.

— Quand l'ancre sera au fond, je reculerai doucement et on ira frapper deux bouts sur les roches. Ce sera parfait, indique Jérôme.

Une fois la manœuvre achevée, les deux navigateurs en profitent pour se restaurer.

— Gilles, tu peux sortir le pain, les tranches de jambon et une bonne bouteille de Pessac Léognan.

— À vos ordres capitaine, lance Gilles, singeant un garde-à-vous très militaire.

Le temps paraît suspendu ici. Aucune houle n'atteint le calme de Ster-Wen. La seule musique venant se mélanger au bruit du vent dans la végétation est le chant et les cris des nombreux oiseaux. Jérôme en a déjà oublié la médiatisation de sa fuite. Ici, tout est libre et sauvage, comme au premier matin du monde. Les deux hommes s'offrent une petite sieste dans leur cabine. La douce chaleur provenant des bouches à air intérieures les aide à trouver le sommeil. Une quiétude soudain rompue par le bruit caractéristique d'un moteur diesel marin.

Jérôme Fouquet sort discrètement la tête sous la capote. Un superbe 50 pieds manœuvre non loin de leur bateau, en reculant lui aussi sur son ancre avant de s'amarrer par l'arrière. Gilles se lève à son tour.

— Le type a l'air seul, relève-t-il.

— Oui, et le bateau est complètement neuf. Curieux, s'étonne Jérôme. Il s'agit peut-être du convoyage d'un voilier sorti d'usine pour être livré dans un port français ou étranger. Mais généralement, les convoyeurs ne font pas d'escale.

Les deux compères observent la manœuvre, toujours cachés derrière la capote de la descente.

— Le mieux est de rester à l'intérieur, suggère Gilles. Et on filera demain matin à l'aube. Je n'ai pas envie de prendre le risque d'être reconnu avec ma photo qui circule sur internet.

La nuit commence à tomber. Jérôme est à la table à cartes. Gilles découvre un sextant dans sa boîte et essaie d'en comprendre le maniement, lorsqu'un léger bruit parvient de la coque à bâbord. Jérôme se précipite vers un hublot.

— Merde, une annexe, s'écrie-t-il.

À peine a-t-il eu le temps de réagir qu'un jeune navigateur apparaît dans la descente.

— Pardon de vous déranger, mais je n'ai ni briquet ni allumettes dans ce bateau neuf et j'en aurais besoin pour….

Le jeune marin à la chevelure blonde et bouclée s'arrête soudain de parler.

— Jé… Jérôme ? Qu'est-ce que tu fais là ? J'ai entendu à la radio que tu étais en fuite ?

Jérôme fixe longuement le jeune navigateur, sous le regard inquiet et étonné de Gilles. Jérôme tourne le regard vers son coéquipier.

— Gilles, je te présente Yves Mauric, tu sais le jeune marin dont je t'ai parlé, qui a fait le tour du monde avec Erwan Sauzon.

Yves a soudain l'air effrayé.

— Mais Jérôme, c'est un secret absolu, comment as-tu pu en parler ?

— Ne t'inquiète pas Yves. Gilles est quelqu'un de bien. Il m'a sauvé la vie et j'ai une absolue confiance en lui. C'est un jeune pêcheur des Sables qui a bourlingué un peu partout.

Gilles s'avance vers Yves Mauric, lui tend une main franche et directe.

— Ne t'inquiète pas, même le secret de mon punch au rhum jamaïcain, jamais je ne le révèlerai, rassure Gilles Chamfort.

Le destin et ses incroyables coups du sort réunissent dans le même carré trois protagonistes d'un même drame, d'un même puzzle, même si chacun n'en détient que certaines pièces, différentes de celles des autres.

Afin de mettre tout le monde plus à l'aise, Jérôme dévoile une partie plus large du puzzle, enfin celle qui l'arrange, le met hors de cause. Il revient sur son choix de sponsoriser Erwan Sauzon, la découverte de sa maladie, la décision avec le père d'Erwan, le toubib et Gilles Mauric de demander à Yves d'embarquer secrètement à bord durant la première nuit de course.

Non pour tricher, non pour l'aider, mais bien pour être présent au cas où la maladie s'aggrave ou, pire, qu'Erwan vienne à en mourir. Jérôme évoque aussi ses démêlés avec la justice avec cette histoire de financement politique et de corruption, expliquant être victime d'un coup monté. Jusqu'à sa tentative de suicide, poussé à bout par les accusations et les ragots sur les réseaux sociaux, et son sauvetage par Gilles Chamfort.

— Mais toi, Yves, que fais-tu là, à Ster-Wen ? s'enquiert Jérôme.

— Je convoie un Haufour 530, de La Rochelle à Portsmouth. Simple escale pour me reposer un petit peu.

— Tu peux nous raconter ton Globe Race avec Erwan, demande Gilles, en se resservant un ti-punch.

Yves Mauric avale une gorgée de rhum jamaïcain, et se lance.

— Déjà, ce n'est pas mon Globe Race. La course, c'est Erwan qui l'a effectuée. Moi, finalement, je n'étais qu'un passager, un témoin qui a navigué autour du monde sur le bateau d'un autre. J'ai mis du temps à accepter, à bien vivre cette situation. Les premiers jours, Erwan m'a ignoré, rejeté. Puis il a eu de nouveaux symptômes de sa maladie. Même si je ne l'ai jamais aidé en quoi que ce soit, c'est certain que ma présence l'aidait à tenir le coup. Et petit à petit, nous avons retrouvé notre complicité d'amis d'enfance.

Intrigué, Gilles revient sur la première nuit :

— Quand tu as embarqué durant la première nuit, Erwan était au courant ?

— Oui, son père, le mien et Jérôme lui avaient dit notre volonté d'agir ainsi. Mais je crois qu'il refusait de l'accepter, tout en sachant au fond de lui que c'était sans doute indispensable. C'était ça, l'abandon ou une course suicidaire. Il n'avait pas le choix mais refusait ce choix.

— Pourquoi ? poursuit Gilles.

— C'est un compétiteur, comme moi. Et la compétition veut que l'on soit seul à bord. Le Globe Race, c'est en solitaire et sans assistance.

Jérôme, attentif, lève soudain les yeux.

— Yves, on en a déjà parlé. Dans la mesure où tu n'étais que passager, témoin inactif, Erwan courait bien dans l'esprit du Globe Race, seul et sans assistance.

Le regard d'Yves se durcit, tout comme le son de sa voix.

— Jérôme, je sais tout ça. Ce que j'essaie d'expliquer aussi, c'est ma propre souffrance. Je suis moi aussi un régatier. Tu ne peux pas comprendre ce que c'est que naviguer sans participer à aucune manœuvre, sans jamais toucher à un réglage de voile dont on sait qu'il peut être meilleur, sans jamais donner son avis sur les choix météo, sans jamais prendre la barre. J'étais prisonnier d'un rôle de tricheur à qui on interdit d'agir. Une sorte d'ange gardien à la mission diabolique de n'intervenir qu'en cas de malheur.

— Tu as souffert tant que ça ? demande d'une voix adoucie Jérôme.

— Bien sûr, qu'est-ce que tu crois ? Heureusement, Erwan s'est révélé être le meilleur ami qu'on puisse avoir sur terre, enfin, sur mer. Oubliant ses souffrances, il a compris les miennes. Il est devenu très attentionné. Il me faisait partager ses doutes, ses joies et ses peines. Il m'invitait à l'accompagner dans le cockpit durant les manœuvres ou les heures de barre.

— Et quand il allait mal, comment ça s'est passé ? demande Gilles.

— On avait un deal. Je ne devais pas assurer la marche du bateau, juste sa sécurité. Mais Erwan sentait venir ses crises, alors il organisait tout en conséquence. À chaque fois, la voile était celle du temps pour les heures à venir, les réglages nickel, les choix météo clairs. Je n'avais rien à faire si ce n'est surveiller l'AIS pour éviter une éventuelle collision et le bon réglage du pilote automatique.

— Erwan a eu beaucoup de crises ? demande Jérôme.

— Une tous les deux ou trois jours, mais il y en a eu deux vraiment spectaculaires. L'une dans le pot au noir. Il s'était allongé et avait pris ses doses de morphine, comme à son habitude. Mais son sommeil est devenu si profond que je n'arrivais plus à le réveiller. J'ai cru qu'il était tombé dans le coma. C'était angoissant, avec les orages et les éclairs incessants du pot au noir. Je m'apprêtais à affaler les voiles et à appeler au secours la direction de course lorsqu'il s'est réveillé, comme par miracle. J'avais le téléphone satellite en main. Peut-être l'a-t-il senti ? Toujours est-il qu'il est monté sur le pont réduire la toile dans ces violents orages. On aurait dit une résurrection !

— Et l'autre ? le relance Gilles.

— Je l'ai déjà raconté à Jérôme. C'était dans le grand sud. Erwan s'est évanoui dans une mer dantesque. Le pilote ne tenait plus dans ce vent qui forcissait, mais j'avais promis à mon meilleur ami que je ne ferais jamais la moindre manœuvre à bord. C'est comme ça que j'ai vu le bateau empanner dans les déferlantes. C'est encore une fois un miracle qu'il n'y ait pas eu de casse. C'est d'ailleurs à ce moment-là que j'ai su que rien ne pouvait nous arriver, que notre bateau était béni des dieux. On prenait les bonnes options, les pires grains nous évitaient souvent. Les systèmes météo s'enchaînaient toujours en notre faveur. Bref, on naviguait dans une sorte d'état de grâce.

— Et tu n'as jamais barré, jamais winché ? insiste Gilles.

— Non, jamais. J'en ai eu la tentation à plusieurs reprises, pendant les malaises d'Erwan, par réflexe de survie, même pas pour gagner en vitesse. Mais je savais que si je touchais à quoi que ce soit, je ne pourrai jamais plus me regarder dans une glace. Je ne suis pas et ne serai jamais un tricheur, affirme-t-il avec force, mais la voix tremblante d'émotion.

— Il a été question de survie ? s'étonne Jérôme.

— Oui, de survie, c'est-à-dire bien au-delà de la peur, appuie Yves. Je pense en particulier à une nuit de terreur dont j'ai vraiment cru qu'elle serait la dernière, qu'il n'y aurait plus jamais d'aube à se lever pour effacer un tel cauchemar. Nous naviguions à la hauteur du cap Saint-Vincent, après une assez désastreuse option à terre le long des côtes portugaises. La météo annonçait un puissant courant de nord, puis un léger front de suroît. Finalement, on a eu un vent assez mou de portant, mais en revanche on s'est payé une baston mémorable. Le vent a commencé à monter en début de nuit. Les fichiers météo annonçaient des rafales à 30 nœuds maximum. Sauf que, vers minuit, alors qu'Erwan tentait de dormir un peu avec deux ris et une trinquette, il a été réveillé en sursaut par un énorme bruit vers l'avant du bateau. Le temps de prendre une lampe frontale et de passer une veste de ciré, le voici sur le pont. Le spectacle était dantesque. La pluie tombait à l'horizontale, alors que l'anémomètre oscillait entre 55 et 60 nœuds ! Le faisceau pourtant puissant de sa lampe frontale avait du mal à percer le mur de pluie et d'écume. Impuissant dans le cockpit, j'entendais des chocs réguliers sur la mâture, avec la vision fantasmagorique d'un immense cerf-volant blanc dessinant des images de terreur au-dessus du mât.

J'ai vite compris que le bas-étai du petit foc J3 avait lâché. Il aurait fallu qu'Erwan prenne le temps de s'attacher avec un harnais sur la ligne de vie. Je lui ai hurlé plusieurs fois, en vain. L'urgence de la situation l'a poussé à aller au pied de mât pour voir de plus près ce qui avait cassé afin de savoir comment agir. Je le revois avancer sur le pont à quatre pattes, à l'aveugle tant la pluie lui fouettait le visage, tant les vagues lui déferlaient brutalement dessus. Arrivé devant l'espar, il a vu précisément le J3, la trinquette quoi, voler au gré des rafales. Au moment de rebrousser chemin pour laisser la voile filer, une vague plus forte que les autres, une vague scélérate, a soulevé notre bateau de 60 pieds et de 8 tonnes avec une telle puissance, une telle sauvagerie qu'Erwan s'est envolé à plusieurs mètres de hauteur. J'ai vécu cette scène au ralenti, comme dans le film *La haine*, quand l'acteur tombe en se répétant, « jusqu'ici tout va bien ». Je me suis dit, si le bateau fait un écart de quelques mètres, ce qui est probable vu les conditions dantesques, Erwan ne va pas retomber sur le pont mais dans la mer couleur d'encre noire et de bave d'écume sauvage et phosphorescente. Et là, aucune chance de s'en sortir. Juste le temps de l'imaginer mourir, se noyer, lorsqu'à bout de forces, il décidera de ne plus nager, de ne plus flotter. Et puis l'étai de trinquette est venu lui fouetter violemment le visage avant qu'il ne s'écrase sur le pont. Il pissait le sang et souffrait le martyre. Je ne sais d'où lui est venue la force, sans doute du désespoir au plus profond de cette nuit démente, pour affaler la toile, sauf quelques mètres carrés pour assurer une cape le temps de le soigner et de sortir du chaos, du KO. À genoux, j'ai même dû lui recoudre une arcade sourcilière. Puis l'aube s'est levée. Il n'est de nuits qui n'atteignent l'aurore, pour reprendre une image shakespearienne. Blessé, usé, lessivé, groggy, il s'est résolu à reprendre la course, mais avec l'impression de descendre au fond de la mine.

Jérôme Fouquet l'étreint dans ses bras.

— Comment ça va finir tout ça, Jérôme, dit Yves en sanglots. J'ai peur qu'on découvre la vérité, que je sois à jamais un tricheur.

Avant que Jérôme ne réponde, Gilles prend la parole :

— Écoute, Yves, je ne te connais pas, mais c'est évident que tu n'es pas un tricheur. Tu es même tout le contraire… Tu es un homme d'honneur. Tu as su tout gérer sans erreur, sans perdre le contrôle. Moi qui ai tué un homme dans le golfe du Mexique, pour défendre une cause et un bateau, je sais ce que c'est que déraper, jusqu'au drame. Toi, tu peux te regarder dans un miroir sans problème. Et même si ton histoire venait à se savoir, il te suffirait d'un témoignage comme celui que tu viens de faire pour t'en sortir avec les honneurs, avec ton honneur, intact, crois-moi.

Toujours sanglotant, Yves prend la main de Gilles et répète à plusieurs reprises :

— Merci, merci de m'avoir compris, merci…

Épuisé par des heures de veille sans sommeil mais surtout par la vive émotion de ces souvenirs, Yves Mauric s'est assoupi dans ce carré chaleureux.

VIII

Tout à coup, la sonnerie de Rabbi Jacob, l'alarme du réveil, retentit dans la chambre du commissaire Rochard. L'enquêteur pousse un grognement d'ours bien décidé à se lever du pied gauche. En regardant son écran affichant 6h06, il ronchonne à nouveau.

— Quelle idée de nous convoquer à l'antenne régionale à Nantes ! Avec les bouchons du périph', il faut partir à l'aube, maugrée-t-il.

Une fois un bon et grand café chaud avalé sur le meuble bar de sa cuisine, Rochard ne voit plus la journée à venir du même œil râleur et déprimé. Il adore aller à Nantes, se balader sur le port où il a grandi, dans le centre historique, entre le château, la cathédrale, le Bouffay, les places Royale et Graslin. Avec un peu de chance, la réunion avec la procureure ne s'éternisera pas et il pourra lui proposer un déjeuner sur cette barge rouge et noire amarrée devant l'ancien site des chantiers navals Dubigeon. Le temps est clair, la vue promet d'être splendide, notamment sur le quai de la Fosse et le dôme de l'église Notre-Dame-de-Bon-Port.

Comme prévu, le périphérique nantais est complètement saturé en arrivant de La Roche-sur-Yon, tout comme les voies d'accès au centre-ville. Rochard décide de désobéir à son GPS et avance lentement, très lentement vers le pont de Cheviré, dont il aime la vue.

Pare-chocs contre pare-chocs, la traversée du pont au rythme de l'escargot lui laisse tout le loisir pour admirer le soleil naissant à l'est, derrière l'île de Nantes et ses anneaux de Buren encore allumés. À sa gauche, il peut contempler les quais du port à bois, trop déserts à son goût, les silos à grains sur l'autre rive, à Roche-Maurice.

Rochard se gare à proximité du palais de justice de Nantes. Dessiné par Jean Nouvel, il se dresse face à la Loire, puissant et moderne. Toutefois, les piliers noirs devant l'immeuble donnent un côté carcéral qui ne sied guère à la justice, normalement garante d'humanité et d'impartialité.

Le commissaire attend dans l'immense salle des pas perdus que la procureure en ait terminé avec son rendez-vous. Elle voit le directeur de cabinet de la ministre des Sports et le préfet de région, afin de faire le point sur la mort d'Erwan Sauzon et l'avancée de l'enquête.

Une secrétaire fait signe à Rochard de rejoindre la procureure dans un des bureaux du palais.

— Bonjour Aurore, comment s'est passée la réunion ?

— Très bien, le préfet commence à se faire à l'idée que la mort du jeune vainqueur du Globe Race est tout sauf accidentelle.

— Vous leur avez parlé des découvertes qu'a réservées la perquisition effectuée chez Jérôme Fouquet ?

— Bien sûr Rochard, et notamment la montre connectée retrouvée au pied de son lit. Fâcheux pour Fouquet car le GPS de cette montre a parlé, beaucoup parlé.

— Comment ça beaucoup parlé ?

— Le mouchard de la montre indique que Jérôme Fouquet s'est retrouvé, durant une heure, à la même position qu'Erwan Sauzon durant la dernière nuit de course. Autant dire qu'il a dû le rejoindre sur son bateau. Pour quelle raison ? Pour y faire quoi ? En a-t-il profité pour le droguer, l'empoisonner ? Difficile de faire la lumière pour le moment, même si on a retrouvé chez lui un puissant médicament à base de morphine, délivré sous ordonnance aux cliniques et hôpitaux. Les indices deviennent graves et concordants !

— Le GPS a-t-il révélé d'autres secrets ?

— Absolument, il est très bavard ! Il indique ainsi la présence de Jérôme Fouquet au siège de la société Sustainable Food en Mayenne, ce à de très nombreuses reprises. Selon divers témoignages, Béatrice Odet, la patronne de cette société, n'a pas fait qu'entrer au capital de Cap Green. Elle a aussi fait irruption dans l'intimité de Jérôme Fouquet.

— Ce qu'on peut résumer plus prosaïquement par « elle est devenue sa maîtresse », traduit Rochard.

— On peut, oui, confirme la procureure.

— Dès que ça va fuiter, l'image bien proprette de Jérôme Fouquet sera salie à tout jamais. Car derrière le joli titre ronflant de Sustainable Food, la société de Béatrice Odet commercialise aussi et surtout des aliments OGM pour le bétail, des engrais phosphatés et des pesticides. On est loin de l'agriculture équitable et du développement durable.

— Pourquoi a-t-il fait ça ? C'est du suicide, lâche le commissaire.

— Selon les policiers qui sont allés fouiller en Mayenne, Fouquet traversait une mauvaise passe financière. Mais il y a aussi l'amour, Rochard ! L'amour qui fait perdre la tête et la raison. Du coup, au lieu d'aller demander des prêts à la banque, il a dû juger plus facile de taper au guichet de sa maîtresse.

— En parlant de Fouquet, on a de ses nouvelles ?

— Non, aucune. Son signalement a été transmis mais il a disparu dans la nature.

— Le mot qu'il a laissé pouvait être compris comme celui d'un adieu, annonciateur d'un éventuel suicide. Qu'en pensez-vous, madame la procureure ?

— Je ne sais pas vraiment pourquoi, mais je n'y crois pas trop. En attendant, c'est désormais le suspect numéro un dans notre affaire. Je vais convoquer la presse cet après-midi. Le bruit médiatique le fera peut-être sortir de sa tanière, ou alors des témoins, des proches. Sait-on jamais…

Les vœux du commissaire Rochard sont exaucés. La procureure Aurore Quartier est libre à déjeuner.

Du tribunal, ils cheminent tous deux à pied le long de la Loire, passent le pont Anne-de-Bretagne et filent vers la barge *Nantilus* amarrée à quai, devant les anciens chantiers navals.

La fierté industrielle de la ville, disparue il y a plus de trente ans, a laissé libre cours à l'imaginaire. On y voit un énorme éléphant en bois se promener avec des touristes sur le dos, arrosant les badauds avec sa trompe. Il y a aussi un carrousel des mondes marins, empli de poissons et de figures marines extravagantes. Et on trouve sur le quai de l'île de Nantes la fameuse barge rappelant par ses formes les anciens navires construits au cœur de la ville.

Son nom s'affiche en gros, le *Nantilus*. Il fait évidemment référence au *Nautilus* de *Vingt mille lieues sous les mers*, à son capitaine Nemo et bien sûr à Jules Verne, l'écrivain né à Nantes.

— J'aime ce lieu. Au moins autant que le souvenir des lectures des romans du grand Jules durant mon enfance, dit Rochard en approchant du *Nantilus*.

— Ne vous emballez pas, commissaire. Savez-vous que Jules Verne a écrit les pires horreurs sur Nantes ? J'ai récemment lu un article là-dessus.

— Bof, des salisseurs de mémoire, des jaloux, raille Rochard.

— Pas du tout. Il y était dit que l'écrivain parlait de sa ville en des termes peu amènes. Une ville de « vachers et d'albinos », peuplée de « milliers de cerveaux creux d'une bêtise indécrottable », sans oublier son « peuple marchand, sachant bien compter son argent ». Je continue, commissaire ?

— Ce ne sont que mots d'esprit d'un jeune homme tourmenté, maladroit à exprimer son amour, que ce soit envers les femmes ou sa ville de cœur.

— Sa ville de cœur. Vous voulez parler d'Amiens, commissaire ? Là où Jules verne a écrit ses romans et là où il a choisi d'être enterré !

— Madame la procureure, continuez ainsi et vous serez privée de muscadet !

— Ah, vous n'aimez pas que l'on touche à Nantes et à ses icones !

— Pas du tout, se défend Rochard. Jules Verne était un vrai Nantais en ce sens où il était capable de critiquer sa ville, de tuer père et mère pour un bon mot assassin envers sa cité. Vous, Parisienne, vous ne pouvez pas comprendre, avec votre humour louis-philippard et votre esprit carré et haussmannien. Mais c'est bien à Nantes qu'il a construit son imaginaire maritime, c'est bien au bout de la Loire qu'il est revenu naviguer à bord de son voilier, le *Saint-Michel*. Pas dans la campagne amiénoise, aussi sympathique et agréable soit-elle.

— Quel mépris, sourit la procureure.

— *Que nenni*, mais je sens que vous me cherchez querelle ! Alors, lâchez-vous, traitez-moi de Nantais esclavagiste, pendant que vous y êtes, et allons manger une tête de nègre au Nez Grillé, au bout du quai de la Fosse !

Sentant que le sens de l'humour et de l'autodérision du commissaire Rochard pouvait avoir ses limites quand il s'agissait de moquer sa belle ville de Nantes, la procureure décide soudain de changer de registre et de ton.

— Alors, on se le boit, oui ou non, ce verre de muscadet, Rochard ?

— Enfin une parole sage et raisonnable…

Quelques heures plus tôt, les voiliers de Jérôme Fouquet et Yves Mauric ont quitté le mouillage de Ster-Wen à Belle-Île. Avec ses 53 pieds, le bateau que convoie le passager clandestin d'Erwan Sauzon creuse vite un écart avec les 44 pieds du patron de Cap Green. Trois mètres de plus à la flottaison, ça se note vite avec des vents portants.

Sous grand-voile et spi asymétrique, les deux voiliers mettent le cap au 295 pour doubler la pointe de Penmarc'h et le phare d'Eckmühl, distant de 53 milles dans le nord-ouest. À tribord, ils laissent la pointe des Poulains et son fort jadis habité par l'actrice Sarah Bernhardt. La mer, d'habitude si agitée en ces parages, est ce matin étrangement calme par vent de sud.

Le spi bleu marine de l'Atlantis 44 tire ce voilier à 8-9 nœuds de moyenne. Devant, Yves Mauric dépasse régulièrement les 10-12 nœuds et commence à fondre sur l'horizon. Le temps est vraiment idéal pour monter en Bretagne nord. Généralement, les vents dominants de noroît obligent à tirer d'incessants bords au près serré dans la houle du large.

— Quel bonheur de ne pas être au près, se félicite Jérôme Fouquet.

— À ce point, interroge Gilles Chamfort ?

— Le près, c'est deux fois la route, trois fois le temps et quatre fois la rogne, rétorque Jérôme. Vous les pêcheurs, depuis que vous ne naviguez plus à la voile, vous avez oublié les vieux proverbes marins !

En désignant l'île de Groix, à tribord, le pêcheur sablais ne veut pas être en reste.

— Et qui voit Groix voit sa croix, lance-t-il au barreur.

— On peut s'amuser longtemps comme ça, répond Jérôme. Cet après-midi, nous passerons le raz de Sein. Nous y verrons donc notre fin ! Et à Penmarc'h, c'est le plus con qui barre !

— Et au loin, à Ouessant, nous verrons notre sang, ajoute Gilles, qui connaît ses classiques.

Une bande de cinq à six dauphins saute devant le bateau. On a beau être habitué au spectacle des cétacés en pleine mer, l'instant est toujours magique, tant ces mammifères dégagent grâce, sympathie et malice, dans le sourire et le regard. Jérôme branche le pilote automatique et invite Gilles à gagner l'avant du voilier.

— Tu vas voir, ils vont jouer à frôler notre étrave. Monte sur la delphinière, tu seras aux premières loges, conseille Jérôme.

Et les dauphins sont exacts au rendez-vous. Ils nagent devant le bateau, passent et croisent dans un ballet improvisé mais parfaitement réglé, à quelques centimètres de l'étrave du bateau.

— Ça a l'air tellement facile, glisse Gilles, admiratif.

— Il y a un truc, souffle Jérôme.

— Ah oui, lequel ?

— En fait, lorsque le bateau avance, il provoque une poussée d'eau qui crée une sorte de vague sous-marine. Elle permet aux dauphins de se mouvoir en préservant leur énergie. Installés dans cette masse d'eau, les dauphins sont poussés tels des surfeurs !

— Tu entends leurs bruits ? On dirait qu'ils se parlent.

— Ce sont des genres de vocalises, explique Jérôme. Cela veut dire qu'ils s'amusent.

Gilles les observe longtemps, comme fasciné. Puis les dauphins choisissent d'aller ailleurs chercher d'autres jeux et d'autres étraves.

— Tu sais Jérôme, en plus d'être habiles, les dauphins sont incroyablement intelligents et généreux.

— Sans doute, mais pourquoi dis-tu ça ?

— En mer de Cortés, nous recherchions une passe pour rejoindre un mouillage, mais la zone était mal pavée, avec des cailloux dans tous les coins. En panne de générateur, nous n'avions plus d'électronique pour nous guider. Nous tâtonnions en regardant les fonds depuis l'avant du bateau. Deux grands dauphins l'ont compris et nous ont littéralement guidés entre les roches jusqu'au mouillage. Ce n'était pas le fruit du hasard, c'est impossible, tant le chenal qu'ils ont ouvert était compliqué et sinueux. Je suis certain qu'on a tout à apprendre des dauphins, de leur intelligence pacifique.

— T'as raison. Mais pour le côté pacifique, je ne suis pas certain que les sardines dont ils sont si friands partageraient ton avis. Quand ils attaquent un banc, la grande bleue devient assez vite la mer rouge !

— Faut bien manger, conclut, fataliste, le pêcheur sablais.

Alors que Jérôme Fouquet et Gilles Chamfort doublent la pointe de Penmarc'h et filent en abattant légèrement vers la pointe du Raz et le phare de la Vieille, le commissaire Rochard déambule sur le quai de la Fosse, célèbre pour avoir abrité les bars à filles qui accueillaient les marins de passage du temps où Nantes était un port prospère.

Son regard est attiré par une plaque pour le moins originale. Il y est écrit : « Ici œuvra Ludivine Lucas, dite Lulu la Nantaise, de 1928 à 1947 ». En effectuant une recherche sur internet, Rochard apprend sur le site de *Presse Océan* qu'il s'agit d'une farce signée du romancier Francis Mizio et de sa joyeuse bande de jazzmen. Il sourit en se souvenant de la fameuse Lulu la Nantaise dans *Les Tontons flingueurs*. La célèbre scène de la cuisine, quand Bernard Blier, *alias* Raoul Volfoni, déjà bien éméché, tente de rassembler ses souvenirs.

S'adressant à Lino Ventura, il se met à raconter ce que lui évoque un alcool bizarre à la puissance visiblement frelatée : « Tu ne sais pas ce qu'il me rappelle ? C't'espèce de drôlerie qu'on buvait dans une petite taule de Biên Hoa, pas tellement loin de Saigon. Les volets rouges, et la taulière, une blonde comac… Comment qu'elle s'appelait, nom de Dieu ? » Et Lino de lui rafraîchir les neurones : « Lulu la Nantaise... » Toute une époque !

Le commissaire Rochard continue de marcher sur les pas de son enfance. Ils le mènent rue Jean-Jacques-Rousseau, ses bars et restaurants dont quelques enseignes sont restées fidèles. La place Graslin, entre le théâtre, la brasserie *La Cigale* et le café *Le Molière* où il tenta, souvent vainement, de draguer les lycéennes en séchant les cours, puis la place Royale et sa fontaine, la cathédrale, la petite rue médiévale Mathelin-Rodier, avec en son centre *le Castel*, la boîte de son adolescence et de sa jeunesse. Toute une époque, là encore...

À l'approche du raz de Sein, Jérôme Fouquet a repris la barre, débranchant le pilote automatique. Même par temps calme, tout marin ressent une émotion particulière en naviguant dans ces parages, si chargés d'histoire, souvent dramatiques. Les naufrages, par centaines, ont d'ailleurs été répertoriés sur des cartes, comme c'est le cas autour du cap Horn. Les courants forts, qui parfois s'opposent au vent, forment une mer vicieuse et dangereuse. Les dangers du raz sont connus depuis longtemps par les navigateurs remontant du golfe de Gascogne ou descendant de la Manche. C'est aussi dans ces remous spectaculaires, entre la pointe du Raz, le phare de la Vieille, celui de Tevennec et l'île de Sein, que les meilleurs et intrépides « ligneurs » pêchent de succulents bars.

— On a de la chance, se réjouit Jérôme Fouquet. On va pouvoir jeter l'ancre dans la baie des Trépassés, la mer y est calme par vent de sud.

— Tu parles d'un nom, note Gilles Chamfort. Ça ne donne pas vraiment envie d'y passer la nuit.

Enserrée entre la pointe du Raz et la pointe du Van, la baie des Trépassés se découvre devant l'étrave de leur bateau. Une longue plage de sable blanc s'étire entre les deux caps. Après avoir vérifié la bonne tenue du mouillage, Jérôme se retourne vers Gilles :

— En breton, on l'appelle Bae an Anaon, la baie des Âmes. Gilles, si tu aimes les légendes, descend préparer deux ti-punchs et je te raconte tout ça.

— Oui capitaine. Mais tu sais, je ne suis pas superstitieux, ça porte malheur !

— Déjà, ne t'inquiète pas, nous ne sommes pas la nuit de Noël.

— Pourquoi ? Que s'y passe-t-il de spécial ?

— Selon une vieille croyance bretonne, la baie des Trépassés résonne cette nuit-là des chants des âmes en peine qui sont ballottées sur le bateau des morts.

— Bon, tu as gagné. Je vais dans le carré me réchauffer au rhum.

Autour de deux verres de l'élixir jamaïcain, Jérôme Fouquet évoque les histoires que l'on raconte ici, près du raz de Sein. Il en est friand depuis longtemps.

— La légende dit qu'autrefois, les corps des marins qui avaient perdu la vie en mer venaient s'y échouer, explique Jérôme dans la chaleur du carré. Une autre rapporte que la plage servait de lieu d'embarquement des dépouilles des druides morts vers l'île de Sein pour y être inhumés.

Gilles l'écoute attentivement, avant de l'interrompre :

— Pourquoi ce nom de baie des âmes ?

— Parce que c'est dans ces parages que court encore la légende de la barque des morts, de l'Ankou marin.

— Et que dit cette légende ?

— La nuit, les pêcheurs qui viennent de décéder s'entendent appeler par leur nom. Ils se lèvent et une force irrésistible les entraîne vers une barque qui les attend, vide mais chargée de tant d'âmes que la lisse est au ras de l'eau. En Bretagne, cette barque noire se nomme le Bag Noz. Et à Sein, la légende veut que l'homme de barre du Bag Noz soit le dernier noyé de l'année.

— Bon, on va s'arrêter là, sinon c'est cauchemar assuré, dit Gilles.

— Non, car la mort n'est pas triste chez les Celtes. Au contraire, on dit que les larmes disparaissent à bord des barques noires. Les marins y sont heureux pour le voyage vers une nouvelle vie.

— Si tu le dis… Bon, je vais cuire les deux maquereaux que j'ai réussi à prendre. T'as du vin blanc ? demande Gilles.

— Évidemment. Mon âme préfère encore le vin d'ici à l'eau de là, lâche Jérôme dans un éclat de rire.

Après une nuit pas vraiment paisible peuplée du chant des marins morts en mer, de barques vides glissant seules sur l'eau, Gilles se réveille avec les premières lueurs du soleil. Le pêcheur sablais a envie d'aller se dégourdir les jambes à terre et tenter d'y prendre un café si l'hôtel situé en retrait a ouvert ses portes. Par chance, l'hôtel de la baie des Trépassés est allumé et bien ouvert.

— Un grand café allongé, s'il vous plaît. Vous avez le journal ? demande Gilles Chamfort.

— Oui, au bout du bar.

Le pêcheur sablais hésite entre *Le Marin* spécial « pêches françaises », un numéro du *Chasse-Marée*, *Le Télégramme* et *Ouest-France*. Mais il remarque un titre en une d'*Ouest-France* : « Mort d'Erwan Sauzon : indices accablants pour son sponsor Jérôme Fouquet ». L'accroche est accompagnée d'une photo d'archives du patron de Cap Green avec Erwan Sauzon, sur le pont du bateau vainqueur du Globe Race.

Les mains tremblantes, Gilles se plonge dans la lecture du grand article en page 5. Les indices relevés durant la perquisition effectuée au domicile de Jérôme Fouquet y sont racontés par le menu. À commencer par sa montre connectée, dont le GPS indique clairement qu'il a passé une heure à bord du voilier d'Erwan Sauzon durant la dernière nuit de course. Mais ça, Gilles le savait déjà.

— Quel con quand même d'avoir oublié sa montre, marmonne le pêcheur dans sa barbe de trois jours.

Mais Gilles n'est pas au bout de ses surprises et de ses déconvenues. La journaliste d'*Ouest-France* décrit aussi la prise de participation de la société Sustainable Food au capital de Green Capital. Elle explique que la couleur de l'argent de cette entreprise mayennaise spécialisée dans l'importation d'aliments pour bétail à base d'OGM, d'engrais phosphatés et de pesticides est très éloignée du vert affiché et revendiqué par la société de Jérôme Fouquet. La couleur et l'odeur de l'argent montent au nez du pêcheur sablais au fur et à mesure qu'il poursuit la lecture du papier d'*Ouest-France*. Il y apprend que Jérôme a une liaison déjà ancienne avec la patronne de Sustainable Food, connue pour financer des organismes combattant des associations de lutte contre la malbouffe ou les maltraitances sur les animaux.

— Putain, mais c'est le diable ce mec, dit plus fort Gilles en continuant de lire le quotidien.

Et là, c'est le bouquet final pour l'ancien membre de Sea Survive. Il y apprend le financement du Parti populaire nationaliste français *via* des fausses factures auprès de la mairie de Saint-Gramond dans le Var et des virements dans des paradis fiscaux. Il plie nerveusement le journal, le met dans sa poche de ciré et se lève en hurlant :

— Je vais lui éclater la gueule à ce connard !

Sous le regard médusé du patron de l'hôtel et des rares clients présents ce matin, Gilles Chamfort court vers l'annexe restée sur la plage, la met à l'eau et démarre rapidement le petit moteur hors-bord. Arrivé au bateau, il trouve Jérôme

Fouquet confortablement assis dans le carré, devant un bol de café fumant.

— Lis ça, fumier, lui crie Gilles en lui balançant le journal à la figure.

Interloqué, le patron de Cap Green attrape l'exemplaire d'*Ouest-France*.

— Tu ne vas quand même pas croire ces conneries dictées par les flics aux journalistes, tente d'argumenter Jérôme.

Mais le ton n'y est pas. L'entrepreneur sent que son plus récent et seul soutien va le lâcher. Trop de faits sont contre lui et il n'a plus la force de se justifier, de tenter d'expliquer. En sortant un impressionnant couteau de sa poche, Gilles le menace :

— Tu sais ce que je devrais te faire ?

Jérôme blêmit à la vue de la lame.

— Je devrais te saigner comme le porc que tu es. Mais finalement non, je pense que tu vas vieillir et mourir dans les souffrances de ta conscience. En fait, je m'étais trompé. Quand je t'ai sorti de la baille, je t'ai dit que tu ne trouveras jamais quelqu'un plus au fond du trou que moi. En fait, c'était faux. Y a toi ! Tu as failli te noyer dans le chenal des Sables où j'aurais dû te laisser crever comme une merde. Et maintenant, tu vas lentement mais sûrement te noyer dans la mer de ton déshonneur, une mer montante, nourrie des torrents de tes mensonges et de tes trahisons. Va en enfer, lui crie-t-il, avant de quitter le bord et repartir vers la plage avec l'annexe du bateau.

Sonné, Jérôme Fouquet se sert une rasade de rhum jamaïcain. Il reste là, immobile, l'air hagard et les yeux dans le vide. Le bruit d'un moteur le fait sortir de sa torpeur dépressive. Il va dans le cockpit et avise des plongeurs. Il leur fait signe.

— Bonjour, désolé de vous déranger. J'ai dû rater mon nœud de chaise et mon annexe s'est détachée cette nuit, je la vois sur la plage. Ça vous embêterait de me la ramener ?

Les plongeurs font leur signe traditionnel de la main pour dire « O.K., tout va bien », avec trois doigts en l'air et le pouce et l'index formant un rond.

Après avoir récupéré l'annexe, Jérôme Fouquet rejoint le carré et commence à écrire sur une feuille de papier blanche : « Vous trouverez ce bateau dans le même état que moi, c'est-à-dire vide de toute vie. Merci de le ramener à son ponton et son propriétaire au Crouesty. J'attends la nuit et le passage d'une barque noire, la Bag Noz. Mon âme y montera à bord, cap sur Sein où je verrai ma fin. »

Aux Sables-d'Olonne, le commissaire Rochard reçoit une nouvelle fois le professeur Quentin. Sans s'adresser la parole, les deux hommes installent une tension palpable dans le bureau. C'est peu dire qu'ils ne s'apprécient guère.

— Professeur, maintenez-vous votre version d'une mort accidentelle d'Erwan Sauzon après les doses importantes de morphine retrouvées chez Jérôme Fouquet ? De puissants médicaments dont il a pu se servir durant la dernière nuit de course à bord du bateau pour empoisonner son skipper.

— Commissaire, je n'ai jamais nié que l'autopsie ait fait ressortir des traces de morphine, mais je maintiens que la cause la plus probable du décès est une crise cardiaque ou une rupture d'anévrisme.

— Dont vous n'avez aucune preuve, contrairement aux traces importantes, n'oubliez pas ce mot, « importantes », de morphine. Traces qui peuvent correspondre aux médicaments retrouvés chez Jérôme Fouquet.

— Commissaire, toutes ces hypothèses, il faut les soumettre à Jérôme Fouquet. Moi je suis un scientifique. Je me base sur des faits, des certitudes, pas sur des hypothèses comme vous.

Rochard est à deux doigts d'exploser, tant la suffisance arrogante du médecin l'insupporte.

— Vous aimez les faits, professeur ? Ça tombe bien, moi aussi. Plusieurs témoins vous ont vu avoir une dispute sur le ponton, juste après l'arrivée du bateau d'Erwan Sauzon aux Sables-d'Olonne. Vous sembliez avoir une discussion très agitée avec Jérôme Fouquet et Yann Sauzon. Pas du genre de celles qu'on a après avoir vu le corps d'un proche. Pourquoi le ton est monté entre vous ? Pourquoi Jérôme Fouquet est-il allé à bord du *Cap Green* durant la dernière nuit comme l'indique le GPS de sa montre ?

— Encore une fois, vous me présentez de simples suppositions concernant une discussion. J'aimerais savoir où étaient vos témoins, car avec le vent, impossible de comprendre une conversation à plus de trois mètres. Ou alors vos témoins ont interprété des gestes. Mais vous savez, nous, les gens de mer, nous parlons par gestes, avec les mains. Précisément parce qu'on n'entend rien avec le vent.

— Et qu'a-t-il fait à bord du voilier d'Erwan Sauzon, en pleine course, la veille de l'arrivée, au risque de faire éliminer son champion ?

— Je ne crois pas à cette hypothèse. La passion qui anime Jérôme l'a peut-être poussé à aller saluer Erwan pour sa dernière nuit, à l'accompagner durant une heure, mais certainement pas à monter à bord. Saluer son skipper, quoi de plus normal finalement ?

— Professeur, si tout était normal, pourquoi a-t-il pris la fuite ?

— Peut-être parce que la police fait fuiter des informations erronées le concernant, tente de le faire passer pour le salaud qu'il n'est pas. Ajouter à cela la mort d'Erwan Sauzon dont il était très proche, avouez qu'il a toutes les raisons de déprimer et de vouloir tout quitter, non ?

— Les informations dont vous parlez sont vérifiées et n'ont pas fuité, comme vous dites. Elles ont été dévoilées dans le strict respect de la procédure par la procureure de la République, mais passons. Dites-moi, et ces traces de jasmin dans le sang d'Erwan Sauzon, fait établi, à quoi les attribuez-vous ?

— Commissaire, je n'en ai aucune idée. Peut-être une erreur d'ingrédients dans un plat préparé lyophilisé ? Mais vos fins limiers n'ont rien trouvé ? Je n'ose y croire...

Craignant de perdre son self contrôle, Rochard raccompagne le professeur Quentin à la porte du commissariat.

— De toute façon, ce con ne peut être trahi que par des éléments nouveaux. Il est insupportable mais je dois avouer qu'il ne lâche rien et a réponse à tout, se dit en marmonnant le commissaire Rochard.

Alerté par un pêcheur de Sein, l'équipage de la vedette SNSM fait route sur le voilier de Jérôme Fouquet, à la dérive entre le phare de Tevennec et la bouée de Cornoc-an-ar-braden, parant les nombreuses roches au nord de l'île.

L'Atlantis 44 est balloté dans les remous. Il dérive sans voile. Jérôme Fouquet n'avait ni le cœur ni l'âme à naviguer. Mais, en bon marin, il a activé sa balise de détresse pour que le bateau puisse être rapidement localisé et mis hors de danger.

La vedette aborde prudemment le voilier sous le vent. Deux hommes montent à bord, vérifient qu'il n'y a personne et trouvent le mot sur la table du carré. Le patron de la vedette lit les derniers mots et dit à son coéquipier :

— Il a voulu voir Sein et sa fin. Ça m'étonnerait qu'on le retrouve le gaillard, ajoute-t-il, l'air sceptique.

IX

— Qui voit Sein voit sa fin… Il en fait décidément trop, ce Fouquet, pour être crédible, commente le commissaire Rochard en lisant le rapport de mer du commandant de la vedette SNSM.

— Je suis complètement d'accord, approuve Morin. Il nous la fait à l'envers ce type. Comme pour Ligonnès, je ne crois pas une seule seconde à son suicide. Il est sûrement encore en cavale.

— Au fait, Morin, que donne la surveillance aux aéroports et aux gares ?

— Rien pour le moment. En revanche, il est devenu la star, le fantôme qui rôde sur tous les réseaux sociaux. On croit le voir partout !

— À savoir ? demande Rochard, amusé.

— Il a été signalé à Saint-Malo, à Orly, en Martinique, en Corse, à Calais avec les migrants, j'en passe et des meilleures.

— Je suppose qu'il n'y a rien de sérieux dans tous ces signalements ? poursuit Rochard.

— Sauf peut-être une caméra de vidéo-surveillance d'un hôtel à Hendaye.

Et la commissaire Morin de tendre sa tablette à Rochard :

— Regardez cette vidéo, commissaire.

— C'est incroyable. Si Fouquet n'a pas de sosie sur cette terre, on tient notre bonhomme.

— Non, on a peut-être juste retrouvé un petit caillou semé par ce vilain Poucet, corrige Morin. Et il n'est pas certain qu'il en laisse d'autres. Selon moi, il est déjà passé à Irun, en

Espagne, avec plein de destinations possibles. Le Portugal, l'Afrique du Nord et le monde entier à partir des aéroports de la péninsule.

Pensif, le commissaire Rochard regarde à nouveau la vidéo du parking de l'hôtel d'Hendaye.

— On s'est renseigné auprès du personnel de l'hôtel ?

— Bien sûr, Rochard. Mais l'homme est un rusé. Il est arrivé tard, a prétexté le vol de ses papiers pour payer en liquide. Il a aussi promis de redescendre de sa chambre avec la carte d'identité restée dans son sac. Ce qu'il ne fit jamais évidemment, avant de partir le lendemain à la première heure.

Un secret étant une chose que l'on ne dit qu'à une personne à la fois, l'info du passage du prétendu Fouquet à Hendaye a évidemment fuité dans la demi-heure, tout comme la vidéo. La médiatisation de l'affaire devient d'ailleurs parfaitement déraisonnable, dépassant très largement le cadre de la voile et du Globe Race.

C'est précisément pour cela que la commissaire Morin déboule un peu plus tard dans la journée, sans crier gare, dans le bureau de Rochard :

— Allumez votre télé, commissaire. Il y a un débat sur la fuite de Fouquet sur D Infos. Ce que j'ai déjà vu et entendu sur cette chaîne correspond à peu près à tout ce que vous détestez, dit-elle en riant déjà de la tête que fera son collègue.

Le petit écran plat payé sur les deniers du ministère de l'Intérieur, d'une marque probablement chinoise au nom imprononçable, s'allume sur ladite chaîne.

En premier, c'est le bandeau défilant qui fait tousser Rochard. On peut y lire « Jérôme Fouquet, une fuite à la Ligonnès ? ». À l'instant, une figure intellectuelle de la gauche radicale déroule un argumentaire bien rodé :

— Nous réclamons une nouvelle fois l'interdiction ou au moins un encadrement citoyen strict du sponsoring dans la voile et plus généralement dans le sport, lance-t-elle, le visage fermé.

— C'est ça, coupe un ancien joueur de foot, désormais reconverti en agent de joueurs. Parfait ! Il n'y aura plus que les gosses de riches à faire des régates et du sport. Vous êtes complètement coupée du peuple, ma pauvre. Les minots dans les cités, ils veulent du fric dans le sport pour s'en sortir, devenir riches. C'est mieux que la drogue, non ?

— Sans oublier votre pourcentage sur les transferts, hein ! Gardez vos remarques d'esclavagiste et de gros macho pour vous, lui hurle-t-elle, sous le regard effrayé et dépassé de l'animateur. Il n'y a que la vérité qui vous blesse. L'argent et les sponsors pourrissent le sport, corrompent les esprits les plus faibles et vont jusqu'à tuer, comme à l'arrivée de ce Globe Race. Le sport doit redevenir citoyen, je le dis en sincérité et en responsabilité.

En hochant la tête, Rochard manifeste son désespoir.

— À quel moment ça a merdé pour que l'humanité en arrive là ? se demande-t-il, désolé.

Sur le plateau de D Infos, c'est au tour d'un célèbre tenant des thèses nationalistes et souverainistes de prendre la parole :

— Je ne pleure pas sur le sort de Jérôme Fouquet, bien au contraire. Il est le fruit de l'idéologie mortifère dite de la pastèque, verte à l'extérieur et rouge de l'islamo gauchisme à l'intérieur.

— Taisez-vous, hurle à nouveau la figure de la citoyenneté engagée.

L'animateur tente une fois encore de départager les histrions de son plateau TV et donne la parole à l'indispensable psy, dont la tête n'est pas sans rappeler celle du professeur Tournesol.

— Ce n'est pas l'argent qu'il convient de mettre au banc des accusés, avance-t-il, sous le regard incrédule de l'ancien joueur de foot. Le coupable est plutôt l'esprit de compétition. Il a transformé le jeu, qui est dans la nature de l'homme, en un combat, qui est le pire de la nature de l'homme. Les compétitions sportives sont à bannir car elles ne sont qu'une autre forme de guerre en temps de paix.

À peine notre psy a-t-il prononcé ces mots que le plateau explose littéralement en décibels inaudibles. Tout juste peut-on entendre l'ancien joueur de foot crier « Vous êtes un grand malade à enfermer », le souverainiste lâcher « On dirait du mauvais Freud, de ces gens qui croient pouvoir réfléchir sans Dieu » ou encore notre figure intellectuelle de la gauche de la gauche, dénonçant « le déviationnisme petit-bourgeois » du psy, coupable à ses yeux « de priver les jeunes des classes populaires de victoires sportives contre les enfants du capital et de la répression ».

— Coupez Morin, je vous en prie. Cet étalage de connerie m'est définitivement insupportable.

Au sud des Sables-d'Olonne, près de Bourgenay, Auguste Malenceau prépare l'apéritif en plein air sur une table pliante à la stabilité incertaine. Il faut dire que, entre le terrain bosselé et les herbes folles qui cachent le sol, c'est quasiment mission impossible de caler les pieds.

Accompagné de Filou, son inséparable épagneul breton, Auguste dépose la bouteille de pastis pour lui et son gendre, celle de pineau pour sa femme et sa fille, un bol de glaçons sortis du frigo, un saucisson et une planche à découper en bois.

Auguste reste deux bonnes minutes devant la table d'apéro. Il a l'air tellement satisfait de lui qu'on dirait Dieu contemplant sa création au soir du sixième jour. Auguste serre son chien dans ses bras :

— Alors mon Filou, t'es content de voir ma grande Sophie et son René ?

Face au regard interrogatif du brave épagneul, Auguste poursuit tout seul :

— Ouais, t'es comme moi, t'aurais préféré que Sophie tombe sur autre chose qu'un gendarme, hein ? Mais au final, c'est un bon gars ce René. Je ne suis pas sûr qu'il réussirait à réinventer l'eau tiède tout seul, mais il a bon fond.

Filou aboie. Ce qu'Auguste traduit par un assentiment canin à son jugement. Le chien file d'ailleurs vers la barrière barrant l'entrée du jardin de la petite maison de plain-pied d'Auguste, située en retrait du chemin douanier, à 500 mètres du rivage. Une vieille Peugeot 206 conduite par sa femme Michèle roule doucement et péniblement vers la maison.

— Auguste, quand vas-tu te décider à passer un coup de tondeuse ? peste son épouse.

— Jamais, rétorque-t-il avec une voix de stentor. Un jardin trop soigné, c'est comme l'ordre, c'est la vertu des médiocres. Je laisse ça aux clampins de la ville. La nature, ça doit rester sauvage, ma belle.

— Un peu comme toi, maugrée Michèle.

Alors que sa fille Sophie vient l'embrasser, Auguste s'adresse à son gendre :

— Eh, le pandore, t'as pensé à m'amener mon *Journal des Sables* ?

— Oui, t'inquiète pas. Comme ça, on aura le plaisir de t'écouter le lire en traitant tout le monde de con.

— Je vois que tu commences à bien connaître mon vieux papa, lance Sophie en embrassant généreusement la joue barbue de son géniteur.

Tout en sirotant son pastis, Auguste Malenceau est attiré par une photo publiée en une de l'hebdo. On y voit quatre hommes près d'un voilier, dont un lui rappelle étrangement quelqu'un.

— T'as l'air soucieux beau papa, le charrie René. T'as peur de prendre une nouvelle rouste à la pétanque ?

Auguste ne répond pas à la vanne de son gendre, plongé dans la lecture de son journal. Intrigué, le gendarme vient lire derrière son épaule :

— Tu t'intéresses au Globe Race, maintenant? s'étonne René. Ou alors c'est l'affaire de la mort suspecte du jeune vainqueur?

— Tu rigoles. Il a été puni par Neptune. On ne navigue pas sur des bateaux qui volent, un point c'est tout. Continuons comme ça et les pêchous de La Chaume vont abandonner le chalut pour l'épuisette!

— Pourquoi tu dis ça?

— Bah, pour attraper les poissons volants, pardi. Voler en mer est à la mode, non? Tu parles d'une époque...

— Alors, qu'est-ce qui t'intrigue dans cette photo?

— Le type là, qui ressemble à un druide. Je suis sûr que je l'ai déjà vu quelque part.

— C'est le médecin d'Erwan Sauzon. M'étonnerait que tu l'aies croisé, rapport à ce qu'aucun médecin n'a franchi le pas de ta porte depuis un demi-siècle et que ta pharmacie se limite à une gousse d'ail et du gros rouge.

— Je te dis que je l'ai vu. Ressers-moi un jaune, c'est bon pour la mémoire.

Un ange et dix bonnes minutes passent.

— Je sais, crie Auguste. Je l'ai vu sur la plage du Veillon, la nuit où je cherchais ce couillon de Filou. Il s'était encore échappé et comme il aime prendre des bains de vase, je suis allé dans ce coin. Ils m'avaient prévenu à la SPA que Filou avait tendance à se faire la malle, tant il a été battu par ses premiers maîtres. De ce côté, je ne suis pas déçu, hein mon grand con de chien, dit-il en lui caressant la tête vigoureusement.

— T'as vu le professeur Quentin en pleine nuit au Veillon? s'exclame le gendarme. T'es sûr que t'avais pas un peu forcé sur le rouquin, l'Auguste?

— Voyons René, tu sais bien que mon mari ne boit quasiment jamais, persifle son épouse Michèle.

— Sophie, dis à ton abruti de mari de la mettre en sourdine, sinon il ira déjeuner avec le chien. À la pâtée et à l'eau ! Pour le reste, oui, je suis certain de l'avoir vu. Il était avec quatre ou cinq personnes à descendre d'un très gros bateau pneumatique. Sous la lune, j'ai remarqué sa barbe et ses longs cheveux blancs.

— Et les autres, ils ressemblaient à ceux de la photo ? demande le gendarme, soudain plus sérieux.

— Peut-être, peut-être pas. Difficile de dire, c'était la nuit.

— Mais dis-moi, Auguste, c'était quand ta promenade nocturne à chercher Filou ?

— Ah bah là, pas de problème, c'était la veille de l'arrivée de leur maudite course. Le lendemain, y avait un monde à passer par le bourg. Impossible de circuler.

Le déjeuner se poursuit comme si de rien n'était. Des beaux gros tourteaux font le régal des convives.

Le lendemain, René fait ses recherches à la gendarmerie. Et très vite, il a la conviction que le témoignage de son beau-père serait sans doute d'une grande importance pour l'enquête en cours. Il en fait part à son supérieur, qui lui conseille d'appeler la procureure.

Le commissaire Rochard, dont l'envie de sortir du bureau est une seconde nature, décide d'aller interroger Auguste Malenceau chez lui, à Bourgenay.

— Il paraît qu'il est porté sur la bouteille. Ne le poussez pas dans ses mauvais penchants, Rochard. Son témoignage est capital, sermonne la procureure.

— Vous me faites marrer. Vous me demandez d'y aller à l'heure de l'apéro et vous voudriez qu'on discute à la menthe à l'eau ? C'est comme si vous me demandiez d'aller chez un vegan avec deux grosses côtes de bœuf ! Impossible…

De toute manière, le père Auguste a déjà préparé la table branlante d'apéro et accueille le commissaire un verre de pastis à la main.

— Un petit jaune, commissaire ?

— À cette heure-là, il serait peut-être plus raisonnable de changer de couleur pour celle de l'eau, tente Rochard.

— À vos risques et périls, jeune homme. Elle est bourrée de nitrates et de pesticides. Dans une couleur proche de l'eau, j'ai du muscadet si vous voulez. Une bouteille de Gras Moutons est au frais. Ça vaut un grand Bourgogne blanc tous les jours, clame-t-il fièrement.

— Ah, c'est pas de refus, répond Rochard, en se disant à lui-même que son manque absolu de volonté l'accompagnerait sans doute jusqu'à la tombe.

Et Rochard de faire raconter la nuit d'Auguste au Veillon à rechercher son épagneul breton, le fameux Filou. Tout concorde : les détails, les dates, les horaires, le tracé du GPS de la montre connectée de Jérôme Fouquet. Le commissaire lui montre les photos des personnes suspectées d'être de l'aventure nocturne.

— Commissaire, à force de me les montrer, je vais finir par croire les reconnaître. Je connais vos techniques ! Mais même au bout de dix pastagas, je vous répéterai la même chose. Il faisait nuit et ils étaient trop loin. En revanche, le druide, lui, j'en suis sûr et certain.

— O.K., pas la peine de tenter les dix pastis, M. Malenceau. Surtout que, si je vous suis au muscadet, je ne serai plus en état de me rappeler votre témoignage. Le mieux est donc d'en rester là.

Le commissaire salue le vieil Auguste, caresse Filou et file vers Les Sables-d'Olonne.

Rochard relance dès son retour une série d'interrogatoires visant « la bande des cinq » dont il n'a plus que quatre membres sous la main. Il s'agit de demander à chacun de préciser ce qu'ils ont fait durant la nuit précédant l'arrivée d'Erwan Sauzon aux Sables-d'Olonne. Mais, sans surprise, tous ont des alibis en béton. Le professeur Quentin assure avoir passé la soirée avec son épouse à jouer au scrabble, Gilles et Yves Mauric prétendent qu'ils étaient chez eux devant une série de Netflix. Et Yann Sauzon était, selon lui, le nez sur son ordinateur à surveiller la progression de son fils sur la cartographie du site du Globe Race.

Mais le béton trop vite préparé se fissure, en tout cas pour le professeur Quentin. La procureure est informée d'un drôle de flash, du genre de celui qui vous aveugle sur les routes quand on a le pied un peu lourd sur le champignon.

— Rochard, ouvrez votre boîte mail, dit la proc' au téléphone. J'ai une photo nocturne susceptible de vous passionner !

— 3 h 11, 127 km/h au lieu de 90 sur la route de Bourgenay aux Sables-d'Olonne. Très bien, mais à qui appartient le véhicule ?

— C'est la voiture de Mme Quentin, Rochard. Et essayez de zoomer sur la voiture, vous allez trouver un gros cadeau surprise.

— C'est vrai que le passager ressemble au professeur, madame la procureure.

— Oui, et il y a très clairement un troisième passager. Alors foncez commissaire, allez attraper Quentin et mettez-le en garde à vue. Il est coincé !

Le commissaire envoie deux inspecteurs cueillir Quentin chez lui.

Assis à son bureau, Rochard fait tourner la petite planète bleue posée à gauche de son ordinateur. Il semble plus concentré qu'à l'habitude. C'est peu dire qu'il a mal vécu ses différents face à face avec le médecin d'Erwan Sauzon. La suffisance, l'arrogance du professeur l'ont profondément agacé. Rochard a le cuir épais, mais le professeur Quentin a réussi à lui irriter l'épiderme, à force d'avoir réponse à tout, avec morgue et surtout une parfaite mauvaise foi.

Des éclats de voix venant du couloir sortent le commissaire Rochard de ses pensées.

C'est Me Favreau, l'avocat du professeur Quentin, qui hausse le ton.

— Que se passe-t-il, maître ? intervient Rochard. Gardez vos effets de manche pour le tribunal, s'il vous plaît.

— Commissaire, il n'y a rien dans le dossier qui vous permette de placer mon client en garde à vue. C'est de l'acharnement !

— Calmez-vous, maître, rétorque Rochard. Vous n'avez pas fini de revoir votre client, croyez-moi, avec les nouveaux éléments que je vais lui communiquer.

Derrière, le professeur Quentin toise déjà du regard le commissaire, du haut de son mètre quatre-vingt-dix.

— Vous bluffez, vous n'avez rien contre moi commissaire, lâche-t-il froidement et calmement.

Le médecin est placé en cellule. Rochard décide de l'y laisser deux bonnes heures avant de l'interroger. Une vieille technique pour faire gamberger l'adversaire, le faire monter en pression.

La commissaire Morin rejoint finalement Rochard en salle d'interrogatoire, où ils ont fait conduire le médecin. Là encore, il faut mettre une pression maximale sur le prévenu. Sans oublier le petit manège du réglage de la caméra, histoire de bien montrer à Quentin que, cette fois-ci, c'est du sérieux, du « lourd », une antichambre du tribunal.

C'est la commissaire Morin qui pose la première question :

— M. Quentin, où étiez-vous durant la dernière nuit de course ?

Le médecin soupire et mime à la perfection l'exaspération :

— Je vous l'ai déjà dit. Nous avons fait un scrabble avec mon épouse, avant de nous coucher.

— Professeur, vous venez de faire une erreur mot compte triple en continuant de nous mentir. Vous n'étiez pas chez vous cette nuit-là.

Quentin esquisse un sourire et fixe Rochard.

— Ah bon ! Vous avez fini par réussir à fabriquer un faux témoignage, demande-t-il avec cette arrogance qui exaspère le commissaire. J'étais certain que vous finiriez par tomber aussi bas.

À ce moment, la commissaire Morin fait glisser une photo dans sa direction.

— Vous reconnaissez cette voiture ? triomphe déjà Rochard.

— Oui, c'est celle de ma femme. Et alors ? ose-t-il demander avec un culot qui ne manque pas de surprendre les enquêteurs.

« Incroyable quand même ce type, se dit Rochard. Rien ne semble l'atteindre. »

— J'avais de la famille à la maison, des neveux venus pour le Globe Race. Ils ont dû nous emprunter la voiture pour sortir, déclare-t-il avec le même flegme assuré.

— Et le grand type avec vos cheveux assis devant, c'est un fantôme peut-être ? ironise la commissaire Morin.

— On a tous les cheveux longs dans la famille, rétorque Quentin, imperturbable.

— Vous vous doutez bien que l'on va vérifier cette nouvelle histoire de neveux, lui lance la commissaire. Vous savez que les faux témoignages sont durement punis par la loi. Je vous laisse le temps d'y réfléchir en cellule.

Revenus dans le bureau de Rochard, les deux commissaires se regardent durant un long silence.

— Ce type est fait d'acier inoxydable, constate Morin, d'un ton presque admiratif.

— Oui, je n'ai jamais vu un tel culot, souligne Rochard. Je te propose d'aller faire un tour chez sa femme, histoire de l'interroger et de voir si on trouve une trace de ses fameux neveux.

En arrivant devant la grande et belle demeure du professeur Quentin, les commissaires Morin et Rochard affichent soudain une mine défaite. Dans le jardin, deux jeunes hommes sont en train de ranger un kite surf dans sa housse. L'un d'eux, très grand, porte de longs cheveux blonds.

— C'est pas vrai, lâche Rochard. Et tu vas voir que ce grand con va aussi nous dire qu'il descendait d'un pneumatique à 3 heures du matin. Elle commence à me gonfler sévère, la famille Quentin.

— Calme-toi, Rochard. On va commencer par sa femme.

Les deux commissaires pénètrent dans cette agréable villa au style début du siècle dernier, bâtie en pierres. Les volumes sont importants, les fenêtres immenses. Le salon du rez-de-chaussée ressemble un peu aux pièces des paquebots transatlantiques de la Belle Époque. Les bois exotiques y règnent en maître. Les lumières sont élégantes, l'atmosphère feutrée.

L'épouse du professeur Quentin est assise à la grande table Louis-XV. Tout en écoutant une émission de radio humoristique, impertinente et décapante, elle joue aux cartes. En fixant le jeu, Rochard voit très vite qu'elle triche habilement pour que sa réussite ne soit pas un échec. Ça le fait sourire et lui rappelle sa grand-mère, qui avait les mêmes petits arrangements solitaires avec les règles de la réussite.

Le commissaire se racle la gorge pour signaler leur présence. Très élégante, le caractère rieur, pour tout dire l'inverse de son mari, Mme Quentin les prie de s'asseoir.

— Désirez-vous un thé, un café ?

— Non, merci. Notre mission n'est pas des plus agréables, chère madame. Nous venons vous interroger dans le cadre de la garde à vue de votre mari, prévient la commissaire Morin.

— Faites votre métier, je vous en prie, chère madame. Et pour être sincère, sa garde à vue me fait un peu de vacances. Je peux profiter de mes neveux sans qu'il nous serine avec sa science, le Globe Race et tout ce qu'il convient de penser de tout et de n'importe quoi. Je vous assure que l'ambiance est plus détendue depuis que vos hommes sont venus nous en débarrasser.

Mme Quentin ponctue sa sortie d'un éclat de rire généreux. Surpris, Rochard débute l'entretien en montrant à la maîtresse des lieux la fameuse photo prise par un radar la nuit précédant l'arrivée d'Erwan Sauzon aux Sables-d'Olonne.

— Reconnaissez-vous cette voiture, Mme Quentin ?

— Évidemment, quelle question ! C'est la mienne.

— Étiez-vous au volant quand ce flash a été pris ?

— Bien sûr. Depuis des années, je collectionne deux choses, commissaires : les PV d'excès de vitesse et les livres de Jules Verne dans l'édition originale Hetzel. À la fin, je ne sais pas de ces deux passions laquelle m'aura coûté le plus cher, s'amuse-t-elle à nouveau.

— Pardon madame, insiste Rochard, moins enjoué que son interlocutrice. Votre témoignage est grave, en ce sens qu'il contredit celui de votre mari. Cela peut lui valoir une mise en examen.

— Et alors ? Il me fatigue avec ses mensonges. Il vous a dit qu'il a passé sa soirée à jouer au scrabble avec moi. C'est totalement faux, pour la bonne et simple raison qu'il prend une tannée à chaque fois. Mon passage à Normal Sup' m'aura au moins servi à ça, s'amuse-t-elle. Et comme il déteste perdre, il a abandonné le scrabble, lui préférant les échecs. Lui, c'est un scientifique, au vocabulaire limité, ou alors technique.

— Sa garde à vue n'a pas l'air de beaucoup vous émouvoir, s'étonne la commissaire Morin.

— Que voulez-vous, ça ne va pas lui faire de mal. J'espère juste qu'il n'a pas fait quelque chose de trop grave, mais je ne le pense pas. Depuis tant d'années, je le connais. Il est parfois horripilant à prendre le reste de la terre pour moins instruit et intelligent que lui, à manipuler le monde entier pour arriver à ses fins, mais il ne ferait pas de mal à une mouche, croyez-moi.

— Savez-vous ce qu'est allé faire votre mari cette nuit-là en mer ? Car vous l'avez bien vu descendre d'un pneumatique, n'est-ce-pas ?

— Oui, sans doute encore ses histoires de Globe Race.

— Savez-vous plus précisément quel était l'objectif de sa sortie en mer ?

— Vous plaisantez ! Mon mari ne me dit jamais rien concernant ses courses de bateaux, jugeant, là encore, « que je n'y entends rien ».

— Était-il accompagné cette nuit-là ?

— Oui, par Yann, le père de ce pauvre Erwan. Je l'ai d'ailleurs ramené lui aussi en voiture.

— Il n'y avait personne d'autre ?

— Dans ma voiture ?

— Non, dans le bateau pneumatique, insiste Rochard.

— Pas à ma connaissance, après il était loin de ma vue, et je suis bigleuse comme une vieille Anglaise, plaisante-t-elle.

— Vous en êtes certaine, madame ? C'est très important, relance la commissaire Morin.

— Je vous ai dit pas à ma connaissance en précisant que ma vue n'était pas des meilleures, rien de plus, rien de moins, répond Mme Quentin avec pour la première fois une pointe d'agacement dans la voix. Et que va-t-il se passer pour lui maintenant ?

— Difficile à dire, mais il sera au moins poursuivi pour faux témoignage, indique Rochard.

— Un petit séjour à l'ombre ne pourra que lui faire du bien, à ce prétentieux qui ne cherche que la lumière. Ça lui apprendra à ne pas fuir la gravité des imbéciles et à oublier que la vie est juste une aventure, presque un jeu, comme disait Jacques Brel.

— Si vous le dites, sourit Rochard...

En sortant de la maison, le commissaire semble en plein doute. Le père Malenceau a vu quatre ou cinq personnes et Mme Quentin trois. Qui ment ? Peut-être personne vu l'âge des témoins et leur vue forcément défaillante la nuit.

— Morin, il nous faut un bon tartare de thon rouge, des huîtres et un vin blanc excitant.

— Je sais qu'il est presque midi, Rochard, mais pourquoi me dérouler un menu comme s'il s'agissait d'une question de vie ou de mort ?

— C'est pourtant évident, chère Morin. Il nous faut un maximum de forces pour coincer le professeur Quentin cet après-midi.

— En fait, vous êtes pour le dopage. Les cyclistes ont le pot belge ou l'EPO, et vous c'est le THB !

— Le THB ?

— Bah oui, tartare, huîtres, blanc.

— Pas mal, Morin, ça sonne bien le THB. Mais là, c'est un THB de thon rouge, plus puissant que le THB de bœuf.

— Et vous n'êtes pas tentés par un THB végétarien ou vegan ?

— Vous voulez ma mort Morin ? Donnez ça aux cyclistes et ils finiront à pied la montée du col du Tourmalet et le Tour de France arrivera à la Toussaint en comptant les morts sur le bord des routes.

Un THB plus tard, donc, le commissaire Rochard règle longuement la petite caméra posée sur la table afin d'enregistrer la nouvelle déposition du professeur Quentin dans le cadre de sa garde à vue.

Le regard de Rochard croise celui de Quentin. Et oui, il faut que l'image soit bonne, car l'instant est historique pour Quentin. Pour la première fois, il va être amené, forcé serait le terme le plus approprié, à dire enfin la vérité.

— Alors, professeur, c'est toujours votre neveu qui conduisait la voiture de votre épouse durant la nuit précédant l'arrivée d'Erwan Sauzon ?

Le professeur Quentin reste silencieux sur sa chaise, puis fixe le commissaire Rochard.

— J'ai déjà répondu à cette question, et je n'ai pas l'intention de recommencer, commissaire.

— Vous voyez, professeur, je vous prenais pour un homme intelligent. Eh bien, je me trompais. En toute logique, je ne parle pas de morale, hein, car là, il y a longtemps que ce concept est passé aux oubliettes pour vous, en toute logique, donc, lorsqu'une position devient intenable, on en change, on s'adapte, mais vous, non ! Vous continuez à camper sur un mensonge que même Pinocchio n'oserait pas prononcer.

Quentin hausse les épaules, renfrogné.

— Bon, soit, professeur, nous dirons donc aux juges que vous avez nié et proféré le faux témoignage jusqu'au bout. Ça ne plaidera pas en votre faveur, vous savez. Mais bon, c'est votre choix après tout. Alors, expliquez-moi pourquoi votre épouse affirme qu'elle vous a ramené dans sa voiture avec Yann Sauzon, après une virée nocturne en mer ?

— Elle vous a dit ça ?

— Absolument, et elle a même signé sa déposition. La voici.

Le visage du professeur Quentin, d'habitude plutôt pâle, prend la couleur rouge de la colère rentrée à l'encontre de sa femme. Il se prend la tête entre les mains, puis s'adresse au commissaire Rochard.

— Je confirme ce qu'a dit ma femme, même si je suis déçu qu'elle vous ait parlé, finit-il par admettre. Toutefois, elle a oublié d'évoquer le rôle de Jérôme Fouquet, car c'est bien lui qui est à l'origine de notre rencontre avec Erwan Sauzon.

Rochard affiche un petit sourire. De satisfaction tout d'abord, Quentin ayant enfin « craqué » dans le duel qui les oppose depuis le début de l'enquête. Le commissaire ne peut aussi s'empêcher de moquer ce qu'il pense être le nouveau système de défense du professeur, à savoir « charger » le sponsor du bateau.

— C'est pratique ça, professeur, de rendre Jérôme Fouquet coupable de tous les maux. Les absents ont décidément toujours tort.

Comme à son habitude, le médecin ne se démonte pas, bien au contraire.

— Libre à vous d'ironiser, commissaire. Il n'en reste pas moins vrai que c'est bien Jérôme Fouquet qui nous a tous entraînés dans cette aventure pour sauver la course de son protégé, Erwan Sauzon, malgré sa maladie. Et avant que vous ne me posiez la question, c'est bien Jérôme Fouquet qui a servi les verres de champagne à bord du bateau d'Erwan Sauzon, si jamais vous poursuiviez dans votre rocambolesque idée d'empoisonnement.

— Et pourquoi serais-je censé vous croire, vous qui m'avez menti avec front et une belle constance depuis le début ? demande Rochard.

Quentin sourit, de ce sourire suffisant qui horripile le commissaire.

— Tout bêtement car c'est la vérité. Et je ne doute pas que vous allez faire votre travail et vérifier ce que je viens de vous dire. Moi, je n'ai accepté de monter à bord du bateau d'Erwan Sauzon que pour vérifier son état de santé, à la demande très pressante de Jérôme Fouquet. Il voulait que son champion soit en forme pour faire risette aux caméras et mettre bien en avant les couleurs de Cap Green. Il m'avait même demandé de lui préparer un cocktail de « remise en forme » en cas de grosse fatigue.

Rochard préfère ne pas répondre et éteint la caméra. L'urgence est désormais d'interroger Yann Sauzon, de confronter son témoignage à celui du professeur Quentin.

« Un père ne tiendra pas comme le fait Quentin. La pression, surtout émotionnelle, sera trop forte », se dit Rochard.

Quelques heures plus tard, le commissaire Rochard accueille Yann Sauzon pour l'interroger à son tour.

— M. Sauzon, je respecte et je m'associe à votre peine. Il n'y a rien de pire au monde que de perdre un enfant. Aussi, pour que cet entretien ne soit pas trop douloureux pour vous, je crois que le mieux est de dire très simplement la vérité. Je n'ai d'ailleurs aucun doute face à un grand marin. Je sais que vous êtes de la race de ceux qui ne trichent pas, car on ne triche pas avec la mer, n'est-ce-pas ?

— Tout à fait commissaire, en mer on ne triche ni avec soi-même, ni avec les éléments.

— Mme Quentin assure vous avoir ramené du Veillon dans la nuit précédant l'arrivée de votre fils aux Sables-d'Olonne. Vous débarquiez d'un bateau pneumatique. Vous confirmez ?

— Absolument.

— Avec qui étiez-vous ce soir-là et qu'êtes-vous allés faire en mer ?

Yann Sauzon respire profondément. Ses yeux sont rougis par des larmes naissantes. Il sait que dans quelques secondes, tout le monde bâti autour de la course de son fils Yann va s'écrouler. Il puise au plus profond de lui afin de trouver les ressources nécessaires pour cacher une dernière chose : la présence d'Yves Mauric à bord durant le Globe Race. Pour Yves qu'il aime comme un fils et pour la victoire d'Erwan, afin que les médias et la rumeur publique ne la volent pas, ne la salissent pas.

— J'étais avec Jérôme Fouquet, le professeur Quentin et Gilles Mauric, qui a loué le pneumatique. Nous sommes allés au large rejoindre Erwan, pour vérifier qu'il allait bien et n'avait besoin de rien pour l'arrivée aux Sables. Compte tenu de sa maladie et des malaises qu'elle peut provoquer, c'était certes complètement fou, très risqué, mais sans doute plus sage que de ne rien faire.

— De quelle maladie voulez-vous parler ? s'étonne Rochard.

— On a caché à la direction de course une pathologie auto-immune pour Erwan, sans doute un début de sclérose en plaques, admet Yann Sauzon en baissant la tête.

— Décidément, les mensonges par omission ne manquent pas dans cette affaire. Mais cette décision d'aller en mer rejoindre votre fils a été prise collectivement ou sur l'insistance plus particulière de l'un d'entre vous ?

— Écoutez commissaire, je ne suis pas du genre à ne pas assumer mes actes. Mais c'est vrai que Jérôme Fouquet a beaucoup insisté car j'étais très réticent. Le risque de se faire repérer et de tout faire perdre à Erwan était trop grand à mon avis. Aujourd'hui, le moindre de nos appareils est connecté et a son propre GPS. Mais Jérôme a fini par nous convaincre.

— Et quelle a été l'attitude de Gilles Mauric ?

— Oh, Gilles ? Très bizarre… Parfois réservé, presque effacé, parfois agressif, presque haineux, sans raison. Mais il a juste assuré la location du bateau.

— Et qu'avez-vous fait à bord du bateau de votre fils ?

— Rien de particulier en fait. On a juste vérifié que l'homme et le bateau allaient bien, ce qui était le cas. Il était très concentré sur sa fin de course et les dangers d'abordage. Ah si, on a sorti une bouteille de champagne pour fêter nos retrouvailles.

— Qui a sorti les verres et la bouteille ? Qui a servi le champagne, vous vous en souvenez ?

Yann Sauzon se concentre un long moment.

— C'est Jérôme Fouquet, oui, je revois la scène.

— Vous en êtes certain ?

— Oui absolument, mais en quoi est-ce important ?

— Le dénouement d'une enquête est comme le diable, M. Sauzon, il se cache dans les détails. Est-ce que quelque chose d'autre vous a frappé cette nuit-là ?

— Non, tout est allé très vite. Mais, à vrai dire, j'ai été surpris de la nervosité de Jérôme Fouquet. Il était très tendu, anormalement sous pression, ce qui n'est pas dans ses habitudes.

— Et comment expliquez-vous ça ?

— Je ne me l'explique pas, justement. Surtout après notre visite à bord du bateau d'Erwan. Tout allait bien et lui restait inquiet, nerveux.

En débriefant les deux dépositions de la journée, et en attendant celle de Gilles Mauric prévue le lendemain, Rochard et Morin concluent que Jérôme Fouquet est plus que jamais le suspect principal. Mais le sponsor d'Erwan Sauzon est soit en fuite, soit « a vu sa fin », mort noyé entre la baie des Trépassés et l'île de Sein.

Pour se détendre, les deux commissaires ont décidé de passer la soirée au bar *Le Chaumois*, où Marie-Jeanne, la célèbre patronne, remet le traditionnel prix de son skipper préféré. Et ce à chaque édition. Ce n'est jamais le premier arrivé, ce fut une fois le dernier, lors de la première édition. Ses critères de choix lui sont propres et ne souffrent aucune remise en question. Marie-Jeanne revendique même l'arbitraire. On devine toutefois que ça doit être un homme, avec une « vraie gueule », un peu cassée. Le marin se doit d'être original et surtout de l'avoir fait rêver, de l'avoir « transportée » durant le Globe Race.

Cette année, c'est Marco Santoni, l'élu de cœur de Marie-Jeanne. Derrière son bar, la patronne s'apprête à faire son petit discours, entourée des pétillants et épatants musiciens du groupe Irish Confit, habitués des lieux.

Les blagues chaumoises les plus connues fusent de table en table lorsque Marie-Jeanne prend la parole. À 61 ans, une gueule tout en angles et rude, encadrée de longs cheveux bruns, une gitane éternellement vissée aux lèvres, la patronne du bar parle d'une voix cassée, rugueuse :

— Marco, je t'ai d'abord choisi car si tu dormais dans le carré de mon bateau, je n'irais pas me coucher dans le cockpit !

Les rires parcourent son bistrot enfumé, où les différentes législations interdisant la cigarette à l'intérieur n'ont visiblement pas cours.

— Après, je t'ai aussi choisi Marco car tu nous as fait rêver. Avec ton vieux bateau sans foils, tu as choisi de nous parler aussi de ta vie de marin, pas simplement des options météo ou de tes petits tracas techniques. Et puis, surtout, il y a eu les images de ton arrêt pour réparer une barre de flèche, au mouillage, près du cap Horn. Tu as si bien su nous y amener, par tes mots et tes images. J'ai tellement aimé ta description du williwaw, ce vent aux rafales brutales qui descend des montagnes et des glaciers d'un bleu oxygène. J'ai adoré ton hommage aux indiens nomades Alakalufs, mais aussi à ce Français, Antoine de Tounens, devenu roi de Patagonie avec le soutien des Indiens Mapuche. Et là où tu m'as scotché, Marco, c'est quand tu t'es filmé en montant dans le mât, avec des lions de mer amassés sur un petit rocher près du bateau. Et là, tu t'es mis à chanter ce que j'aime au plus profond de mon âme, « La Mémoire et la Mer » du vieux Léo Ferré.

Et Marie-Jeanne de réciter plus que de chanter ces quelques vers : « Je me souviens des soirs là-bas, et des sprints gagnés sur l'écume, cette bave des chevaux ras, au ras des rocs qui se consument… »

— Je suis sûre que la vie est là, là-bas où tu as mouillé et réparé ton bateau Marco, balance encore Marie-Jeanne en embrassant goulûment le skipper d'un baiser que les Anglo-Saxons appellent un « french kiss ».

La salle applaudit à tout rompre alors que les Irish Confit, autoproclamés groupe le plus célèbre des arrière-salles de bistrot à l'ouest de Lampaul, jouent les premières notes de « Quinze marins », la fameuse chanson de Michel Tonnerre racontant l'histoire de Long John Silver, « Sur le bahut du mort, hop là-haut une bouteille de rhum, tous finiront par danser la gigue la corde au cou au quai des pendus ».

X

Ce matin, le commissaire Rochard a le cœur patagon en fixant le globe, la petite planète bleue trônant sur son bureau. Il regarde surtout l'extrémité de l'Amérique du Sud, là où la cordillère des Andes vient mourir dans la mer, entre Atlantique et Pacifique, entre Argentine et Chili, avec cette fameuse Terre de feu et son caillou tempétueux du cap Horn. La soirée chaumoise passée la veille avec la commissaire Morin l'a marqué. Elle a surtout changé son regard sur la course au large et ses acteurs. À force de ne parler que de technique, de foils, de routage, de vitesse, Rochard voyait plus les marins du Globe Race comme des pilotes de formule 1 des mers que des aventuriers. C'était avant d'écouter Marco Santoni évoquer les lumières, les rafales, la faune, la nature et les âmes de la Patagonie.

Depuis quelques minutes, Rochard pianote sur son PC, à la recherche de bons plans pour aller naviguer là-bas. Il est tombé sur des récits de croisières de quinze jours en voilier, barré par des capitaines habitués à la rudesse et aux dangers de ces lieux lointains. Lui casanier et plutôt terrien est gagné par l'envie d'aller plus au large. Il voit des clichés fabuleux, des mouillages sauvages au pied de glaciers devenus bleus grâce aux bulles d'oxygène enfermées depuis des siècles, des manchots sur des plages sauvages et désertes, des lions de mer agglutinés sur de petites îles rocheuses, une mer déchaînée au sortir du canal Beagle, parfois faussement tranquille.

Le commissaire n'a plus qu'une idée en tête : proposer et offrir à sa fille Éloïse une croisière en Patagonie. C'est une voileuse acharnée. De l'eau de mer coule dans ses veines. Et puis quel meilleur moyen de la retrouver, de partager avec elle le sel de la vie, épicé d'aventures et de rêves ? Sans oublier la viande de bœuf argentine, la meilleure au monde. En voyant des photos de cambuse de certains voiliers où les cuistots du bord la font griller à la plancha, Rochard en salive déjà. Sans parler du Malbec chilien… et du Pisco à l'apéro.

La sonnerie du portable sort Rochard de ses pensées patagonnes.

— Bonjour chère inspectrice, quelles nouvelles depuis Marseille ?

— Je me languis de vos bons mots et de vos bons restaus, commissaire.

— Vilaine flatteuse. Que me vaut le plaisir ?

— On l'a repéré, commissaire !

— Qui, Fouquet ?

— Non, Gilles Chamfort, un ancien pêcheur sablais qui s'est fait la malle avec Fouquet en bateau. On a compris sa présence à bord après le signalement d'un hôtelier de la baie des Trépassés et de plongeurs. Il était à Douarnenez. On le ramène aux Sables, commissaire ?

— Ah oui, Vézin, en paquet express s'il vous plaît !

Gilles Chamfort n'a pas été très difficile à repérer. Le patron de l'hôtel l'avait entendu téléphoner à un certain « Paulo », à qui il demandait le gîte et le couvert en souvenir des « bons moments » passés à La Réunion ensemble, à la pêche au thon. L'hôtelier l'a aussi entendu dire « Ah bon, t'es marin sur le Croix de Sein ? » Avec tous ces renseignements, les gendarmes n'ont eu aucun mal à le prendre dans leurs filets.

En attendant de réceptionner Chamfort, le commissaire Rochard s'apprête à écouter Gilles Mauric, dont il a du mal à cerner la personnalité depuis le début de l'enquête. « Un vrai Breton celui-là », se dit-il, en ce sens où l'homme est rugueux, taiseux et volontiers mystérieux.

— Gilles Mauric, où étiez-vous et que faisiez-vous la nuit précédant l'arrivée d'Erwan Sauzon aux Sables-d'Olonne ?

— Commissaire, je n'ai pas l'intention de jouer au chat et à la souris avec vous, répond, nerveux, Gilles Mauric. Le plus simple serait de me dire ce que vous savez exactement.

— Ce n'est pas un jeu, rétorque, soudain plus sévère, le commissaire Rochard. Vous n'avez pas à adapter votre témoignage selon les avancées de l'enquête. Je vous pose des questions et vous répondez. Et s'il est établi que vous mentez, ça pèsera lourd au tribunal, croyez-moi. Mais la formulation de votre réponse est déjà un aveu en soi, M. Mauric. Je vous repose donc la question : que faisiez-vous cette nuit-là ?

Gilles Mauric encaisse, silencieux, la ferme mise au point du commissaire Rochard. Il se gratte mécaniquement de sa main droite une barbe de trois jours.

— Commissaire, j'étais en mer avec Jérôme Fouquet et Yann Sauzon. Nous sommes allés au large à la rencontre d'Erwan, à la demande expresse de son sponsor pour vérifier que tout allait bien pour lui. Il ne sera pas difficile de vérifier que j'étais opposé à une telle opération.

— Et pourtant, c'est bien vous qui avez loué le puissant semi-rigide. C'est aussi vous qui l'avez rendu, lui lance Rochard.

— Si vous voulez me faire dire que j'ai agi comme un larbin, c'est le cas, oui. Fouquet est riche et moi sans le sou, donc les sales besognes m'étaient destinées. Rien de bien nouveau là-dedans, commissaire. Jérôme m'a toujours pris de haut, considéré comme un minable. Ses grands discours à la télé sur le « vivre ensemble », l'humanisme et le partage, c'est pour amuser la galerie. Les bobos n'ont pas leur pareil pour abuser des gogos.

— Vous n'avez pas l'air de l'aimer beaucoup, dites-moi, glisse Rochard.

— Il y a de quoi, commissaire. Avec son pouvoir et son fric, il nous a tous emmenés dans le mur. C'est lui qui a tout manigancé pour réussir à faire courir Erwan, malgré sa maladie. Il a réussi à embobiner ce pauvre gosse, son père, son médecin et moi. C'est un manipulateur hors pair.

— Vous diriez la même chose en face de lui ? le coupe Rochard. C'est tellement facile de faire porter le chapeau aux absents, non ?

Gilles Mauric se tend en écoutant la remarque du commissaire.

— Évidemment que je dirais la même chose. Et je peux tout répéter devant Yann Sauzon aussi. Car Jérôme Fouquet n'aurait jamais réussi à faire partir Erwan sans l'aide de son père.

— Comment ça, demande Rochard, intrigué ?

— Vous auriez envoyé votre enfant malade en solitaire autour du monde, vous, commissaire ? Non, évidemment. C'est pourtant ce qu'a fait Yann Sauzon avec Erwan. C'est quelque chose que je n'ai jamais compris ni admis, accuse Gilles Mauric. Être père, ce n'est pas ça !

Rochard l'observe longuement. Comment Gilles Mauric, d'habitude si réservé et discret, en arrive à porter de telles accusations sur son vieil ami de trente ans, sur le père d'Erwan, lui-même ami de son propre fils Yves ?

— M. Mauric, avez-vous dit aussi clairement à Yann Sauzon que vous étiez opposé à la participation de son fils Erwan au Globe Race ?

— Plutôt dix fois qu'une, commissaire. Mais je crois que Yann voulait briller à nouveau à travers son fils. Erwan au départ du Globe Race, c'était pour lui l'assurance de voir les journalistes rappeler qu'il était le fils de ! Rappeler ses propres victoires en course.

— Ce n'est pas parce que vous n'avez jamais réussi à gagner des courses, contrairement à Yann Sauzon, que vous lui en voulez autant ?

— Vous rigolez, commissaire. Je m'en fous de tout ça, car je sais que je n'ai jamais eu son talent pour aller chercher de riches sponsors. Et sans argent, vous n'avez ni les bons bateaux, ni les belles voiles ni les meilleurs préparateurs. Nous n'étions pas à armes égales.

— La lutte des classes est féroce en voile, remarque, ironique, le commissaire Rochard. Pourtant, vous avez couru et perdu contre lui en Figaro me semble-t-il. Ce sont des bateaux identiques, des monotypes comme on dit chez vous, non ?

— Qu'en savez-vous ? À cette époque, c'était la course de l'Aurore, la jauge était identique, mais les bateaux non.

— Bon, de toute manière, là n'est pas la question, tranche Rochard. Selon vous, quelle peut être la cause du décès d'Erwan Sauzon. Vous qui êtes un ancien coureur au large, pensez-vous que la fatigue accumulée durant le Globe Race puisse être à l'origine d'un accident vasculaire, comme le prétend le professeur Quentin ?

— Je n'en sais rien, je ne suis pas médecin. En revanche, ceux qui ont poussé Erwan à partir dans son état sont responsables !

— Responsables mais aussi coupables à vos yeux, insiste Rochard ?

— D'une certaine manière, oui, commissaire.

Au café *Les Mouettes*, faisant face au commissariat, Morin aperçoit Rochard, un livre en main, curieusement « chaussé » de lunettes demi-lune.

— Bah alors Rochard, tu nous la joues intello, ironise-t-elle, prenant à témoin tout le café. Tu vas présenter « La Grande Librairie » ou tu te prends pour le nouveau Pivot ? Moi qui croyais que tu ne savais lire que le dos des bouteilles et que tes auteurs favoris avaient pour nom Cabernet, Sauvignon ou encore Syrah.

Loin d'être vexé, Rochard s'amuse de la tirade surjouée de sa collègue.

— Tout ça, c'est de ta faute Morin. Tu m'as traîné à cette soirée chaumoise et je suis resté sous le charme de ces histoires de marins, et surtout de celles évoquant la Patagonie.

— Quel rapport avec tes bouquins ? s'étonne Morin.

— Cette nuit, j'ai lu d'une traite *Antoine de Tounens, roi de Patagonie*, qu'un ami m'avait offert il y a trente ans. Je ne l'avais jamais ouvert. Quelle erreur ! C'est un livre magnifique.

— Et l'autre, là ?

— *Tierra de Fuego* ? Je suis allé l'acheter ce matin à la librairie. Michel, le patron de *L'Encre marine*, m'a félicité pour mon éclectisme. Tounens, de Jean Raspail, écrivain monarchiste haï, parfois avec raison, des bien-pensants, et l'autre de Francisco Coloane, adversaire de la dictature chilienne d'extrême droite de Pinochet.

— Commissaire, vous pouvez me raconter ce que vous voulez, je n'y comprends rien à vos histoires de bouquins. Moi, mon livre de chevet, auprès de mon mari, c'est *J'ai épousé un con*. Et avec mes enfants, je regarde *Qu'est-ce qu'on a fait au Bon Dieu ?*

— C'est vrai qu'entre *Qui se souviendra des hommes ?* de Jean Raspail et *J'ai épousé un con*, il y a une sorte de choc des civilisations dont je ne suis pas certain que notre époque ressorte à son avantage.

— Oh ! Pas la peine de prendre vos grands airs, commissaire, avec vos lunettes d'intello, tonne Morin. Traitez-moi d'abrutie pendant que vous y êtes, lance, amusée, la commissaire Morin en se retournant vers le bar.

— Tonio, un allongé s'il te plaît.

— Un deuxième, complète Rochard.

— C'est qu'elles vous vont bien ces lunettes, commissaire. De loin, vous seriez presque séduisant.

— Tout est dans le presque….

— Ne vous vexez pas, Rochard, je vais vous faire un profil Tinder avec vos lunettes et bouquins d'intello, et c'est parti pour des nuits de folie !

Le commissaire ne peut s'empêcher de réprimer un sourire.

— Dites-moi, Morin, sait-on quand nous allons réceptionner Gilles Chamfort pour l'interroger ?

— En fin d'après-midi, normalement. Le temps de venir de Douarnenez.

— Ça nous laisse le temps de deviser entre belles intelligences autour des patates à la lyonnaise du pirate ça, Morin ?

La commissaire a les yeux qui s'éclairent.

— Par ce froid humide, c'était la seule bonne idée à avoir, se pourlèche d'avance Morin. Et j'espère qu'il a de l'agneau pour accompagner ses patates. Vous en profiterez pour me parler de vos écrivains de Patagonie.

Le pirate mérite bien son surnom. Dans la catégorie « gueules cassées », il aurait le César haut la main. On ne compte plus les balafres et les tatouages ornant les parties visibles de son corps. Maigre, le visage creux, mangé par une barbe noire, les yeux fins et presque cruels, il commande ses cuisiniers et serveurs, « ses gitans » comme il dit, d'une poigne de fer dans un gant clouté. Il est dans son restaurant de la pointe de l'Aiguille comme un vieux pirate dirigeant la manœuvre sur le pont de son navire.

— Alors, les perdreaux. Je ne vous demande pas le menu. Patates à la lyonnaise et agneau ?

— Si fait, pirate, redonne-moi un peu ta recette que j'oublierai et raterai au premier nouvel essai de patates à la lyonnaise.

— Alors, déjà, tu ne fais pas comme dans les livres de cuisine. Ces voyous appellent ça « pommes de terre » et les font cuire à la poêle. Si j'étais au gouvernement, je les ferais noyer en Loire pour de tels sacrilèges !

— Bien compris, pirate, et ces patates ?

— Dans une cocotte ou un faitout, tu me fais revenir des oignons, des lardons, un peu de laurier, du sel, du poivre et surtout beaucoup de beurre. Tu ajoutes de la farine pour lier la sauce et tu m'arroses ça d'une bouteille de blanc sec, du muscadet de préférence.

— Une bouteille entière ? s'inquiète Morin.

— Au bas mot, mignonne. Moi j'en ai mis une et demie, histoire qu'il nous en reste un peu pour trinquer.

Et le pirate de servir trois verres de muscadet bien frais.

— Et les patates, pirate, on les cuisine comment ? demande la commissaire Morin.

— Une fois que la sauce s'épaissit, tu mets les patates à cuire, tout bêtement. Tu n'oublies pas de les éplucher, de les laver à l'eau et de les couper, hein !

— Prenez-moi pour un jambon aussi, pirate. Mais combien de temps ?

— Le temps qu'il faut, banane ! Dix minutes, vingt, comme tu veux, la cuisine, c'est comme la musique, ça doit se faire au feeling, sans lire bêtement une partition. Regarde mes gitans en cuisine, tu crois qu'ils ont appris leur solfège petit autour d'un feu de camp pour gratter leur guitare ?

Seul face au large, le pirate avise une goélette à l'horizon.

— Regardez-moi ce con, lance-t-il. Par ce vent de sud, tribord amures, il va finir par se foutre sur les hauts fonds parant la Grande Barge. Remarque, y aura peut-être des bonnes affaires à récupérer et des bijoux à arracher des cadavres. N'est-ce pas ma belle ? dit-il, en appuyant sa provocation d'un clin d'œil appuyé à la commissaire Morin.

— Bon alors, Rochard, cette nouvelle passion pour la Patagonie ?

— À force de lire des livres, des articles et de voir des photos sur internet, j'ai de plus en plus envie d'y aller, Morin. Ça m'a l'air d'être l'opposé de l'eldorado. La nature y semble dure et aride. Les caractères des hommes y sont forgés et trempés des embruns et des tempêtes, de ce froid humide omniprésent. Bref, la Terre de feu a l'air de se mériter. Il faut y apprivoiser la nature et les hommes. Tout l'opposé des voyages à la con les pieds dans l'eau, entassés dans des cages à lapins en béton, plantées en bord de plage.

— Tu dis ça parce que je reviens de Cancun, Rochard ?

— Mais non, Morin. Ce qui compte, c'est l'ivresse des sens. Et ensuite, à chacun son flacon, selon ses goûts.

— En parlant de flacon, les mouettes ont pied, fait remarquer la commissaire Morin en désignant les verres vides.

— Pirate, fais tomber une quille de muscadet, commande Rochard.

Gilles Chamfort fait carrément la gueule en arrivant au commissariat. Il a hérité de son père une méfiance de tout ce qui porte un uniforme. Le commissaire Rochard le devine en l'observant, assis dans le couloir à ruminer son aversion envers toute forme d'autorité.

— M. Chamfort, vous êtes très certainement la dernière personne à avoir vu Jérôme Fouquet. C'était dans quelles conditions ?

— Ce bâtard ? Je l'ai suivi sur son bateau, ou plutôt celui d'un de ses copains friqués. La dernière fois que je l'ai vu, c'était en baie des Trépassés. Je lui ai dit ses quatre vérités à cet enfoiré. Je l'ai sorti de l'eau et de la merde, je lui ai accordé ma confiance et en retour, il m'a menti, comme il ment à tout le monde. C'est le diable ce type.

— Vous le connaissez depuis longtemps ?

— Non, il a voulu se foutre en l'air en se jetant à l'eau au bout de la jetée des Sables. Je l'ai sauvé en plongeant. J'aurais mieux fait de m'abstenir. Après, il m'a proposé de l'accompagner en voilier, c'est tout.

— Avez-vous rencontré des gens qui pourraient faire progresser notre enquête durant la croisière avec Fouquet ?

— Sincèrement, non, je ne crois pas. Nous sommes allés à Hoëdic, où nous avons vu des types du club de voile, et puis ensuite à Belle-Île, dans un mouillage sauvage.

— Et là, vous n'avez vu personne ?

— Non, enfin si, un autre bateau s'est amarré, mais c'est tout.

— Et vous n'avez vu personne de ce bateau ?

Gilles Chamfort, fils de pêcheur et belle âme devant l'éternel, ne sait pas mentir. Et Rochard le ressent tout de suite, même s'il préfère, pour le moment, prêcher le faux pour tenter d'obtenir un peu de vrai.

— Non, le bateau a jeté l'ancre alors que la nuit tombait. Jérôme Fouquet et moi étions déjà dans le carré à préparer le dîner. On a bu plusieurs verres de rhum, et c'est à partir de ce moment que j'ai suspecté quelque chose de bizarre chez lui. Plusieurs fois, il m'a dit d'une manière un peu étrange qu'Erwan Sauzon n'aurait pas mérité de souffrir. Il se disait malheureux de sa mort, mais ajoutait qu'elle était une forme de libération. Ça ne m'a pas plu. Ce type n'est pas clair, commissaire.

— Pensez-vous qu'il se soit suicidé en mer ?

— Je ne sais trop quoi dire. Il en est capable car je l'ai vu faire aux Sables-d'Olonne. Mais je n'y crois pas trop. En mer, on ne ment jamais, contrairement à ce que disait de la terre le vieux maréchal enterré en face, à l'île d'Yeu. J'ai l'impression qu'il s'est libéré de son rôle de gentil en société. Il n'a plus à assumer ce masque, y compris vis-à-vis de lui-même. Du coup, Fouquet n'a plus aucune pression. Je le vois plutôt fuir la France et la société. Disparaître pour mieux renaître ailleurs, sans laisser de traces.

— Merci M. Chamfort, ce sera tout pour le moment. Mais je vous demanderais de rester à la disposition de la justice pour les besoins de l'enquête.

Le commissaire Rochard est à la recherche d'Yves Mauric. Sans trop savoir pourquoi, il pressent que le jeune navigateur est une des pièces manquantes du puzzle. Mais Yves a disparu des radars. La dernière fois qu'il a été vu, c'était à La Rochelle pour prendre en main un voilier qu'il devait convoyer à Southampton. Le bateau est arrivé à bon port, mais lui s'est fait très discret et a filé à l'anglaise du port britannique.

Quelque chose intrigue le commissaire Rochard. En reprenant la trace AIS du voilier qu'Yves Mauric a convoyé en Angleterre, on remarque son arrêt à Ster-Wen, sur la côte sauvage de Belle-Île, le même soir que Jérôme Fouquet. Difficile de croire qu'ils ne se sont pas vus alors que les deux hommes se connaissent très bien. Et la coutume entre marins est toujours de se saluer et de s'entraider, surtout en très petit comité.

C'est à nouveau l'AIS qui va permettre aux enquêteurs de retrouver la trace d'Yves Mauric. Il a été vu à la capitainerie de Bonifacio, au sud de la Corse. Le jeune marin venait chercher un voilier que des locataires n'ont pu ramener à temps à Antibes, en raison d'un long et tempétueux épisode de mistral hivernal.

Mais Yves Mauric est déjà en mer. Entre la Corse et la côte italienne. En bon marin, soucieux de ne pas abîmer son bateau face aux creux du mistral, Yves a choisi de contourner le problème *via* le golfe de Gênes et les vents portants générés par la dépression qui y est associée.

— Regardez commissaire, il vient de passer les bouches de Bonifacio avec 40 nœuds de vents portants, indique une jeune recrue des Affaires maritimes. Il met désormais le cap sur l'ouest de l'île d'Elbe, au nord-est.

À bord d'un Sol 52, un monocoque espagnol à l'élégance épurée, Yves Mauric file au petit largue, avec trois ris dans la grand-voile et un foc inter gréé sur un étai largable.

Il aperçoit au loin l'île de Monte-Cristo, à tribord. Beaucoup de gens croient que ce gros rocher est sorti de l'imagination d'Alexandre Dumas pour les besoins d'Edmond Dantès et l'existence d'un fabuleux trésor caché dans ses entrailles.

Il n'en est rien. Cette île existe bel et bien en mer Tyrrhénienne, à vingt milles au sud de l'île d'Elbe et une trentaine de milles à l'est de la Corse, à la latitude de Corte. Quand le temps est clair et sec, comme par mistral, on la voit de loin car elle culmine à plus de 600 mètres.

Yves Mauric la fixe longuement. Monte Cristo lui rappelle le temps des jours heureux, de sa chambre d'adolescent à lire les aventures d'Edmond Dantès, injustement fait prisonnier dans les geôles sinistres du château d'If, à quelques encablures de Marseille. Il se remémore la rencontre entre Dantès et l'abbé Faria, lui aussi prisonnier à If. Plus qu'une rencontre, Yves se souvient de la générosité de cet abbé, qui sortit Edmond Dantès de la solitude et du désespoir. Il fut pour lui une sorte de père prodigue et spirituel. À cet instant, le jeune navigateur breton se demande qui pourrait bien être son abbé Faria pour le sortir du cauchemar qu'est devenue sa vie. Qui pourrait être aussi son Sinbad le marin l'accueillant dans une grotte des mille et une nuits dans l'île de Monte Cristo, avec son haschich d'Abougor, si prompt à effacer tous les tracas pour s'abandonner dans ses volutes voluptueuses. Mais la réalité est là, dure, implacable. Son père Gilles est froid et distant.

Quant à Yann Sauzon, qui fut parfois un père d'adoption plus aimant, il est ballotté comme une coquille de noix en pleine tempête dans l'affaire de la disparition de son fils Erwan.

La nuit tombée et l'île de Monte Cristo largement dépassée, Yves Mauric double les lumières de l'île d'Elbe à tribord, puis du cap Corse à bâbord. Vent de travers, il fait route vers La Spezia. La mer d'ouest fait rouler le bateau, mais il ne veut pas faire plus de cap, vers Gênes ou Savona. Située entre sa position et Monaco, la dépression lui barre la route. Yves Mauric choisit la bonne stratégie. Le chemin est plus long mais la route sera plus courte ! Un raisonnement aux allures de raffarinade que les terriens doivent abandonner aux marins, au risque de n'y rien comprendre !

Au petit matin, le vent s'est calmé mais le temps est gris. Yves Mauric longe les côtes de la riviera italienne et ses merveilles, à commencer par Cinque Terre. Il décide d'aller mouiller un peu plus au nord, à Portofino, où il a ses habitudes. Le temps d'y dormir quelques heures, d'y prendre un bon café et d'y déjeuner avant de mettre le cap sur Antibes, où il doit amener le voilier. Son guide nautique lui rappelle avec emphase que ce « magnifique bourg de pêcheurs » a été ainsi décrit par Guy de Maupassant : « Un petit village qui s'étend en demi-lune autour d'un bassin silencieux. » Yves Mauric en sourit. Portofino est avant tout un endroit charmant, avec d'élégantes maisons et villas aux tons pastels, bâties autour d'une « piazzetta » où la jet set internationale aime à se faire voir. Mais, en plein cœur de l'hiver, Portofino s'ouvre et s'offre aux véritables voyageurs.

Et même si le tournage du film *Plein Soleil* a eu lieu dans la région de Naples, Yves Mauric y repense à chaque fois qu'il relâche à Portofino. Dans le petit port, il n'est pas rare d'y retrouver des voiliers aussi élégants et fins que celui barré par

Alain Delon dans ce film qu'il a vu des dizaines de fois. En été, la vie y semble aussi légère, les filles aussi jolies. Mais, comme dans *Plein Soleil*, l'indolence et les douces brises d'été s'effacent derrière l'hiver et les turpitudes de la vie.

Yves Mauric profite des vents pluvieux d'est pour rallier Antibes après une nouvelle nuit en mer. Quelle n'est pas sa surprise de voir les gendarmes l'accueillir au ponton visiteurs du port Vauban. Les enquêteurs ont suivi sa progression *via* le mouchard de l'AIS. Et comme le commissaire Rochard est impatient de l'entendre, les gendarmes l'amènent aussitôt à l'aéroport voisin de Nice pour l'y coller dans un avion à destination de Nantes.

Totalement abattu, le jeune marin est assis face au commissaire Rochard dans son vaste bureau. Il semble absent, les yeux dans le vide.

— Yves, avez-vous des nouvelles de Jérôme Fouquet, tente le commissaire ?

— Non, aucune, sauf ce que j'ai pu lire comme tout le monde dans la presse ou sur les réseaux sociaux.

— Et cela vous inspire quoi ?

— Une immense lassitude, commissaire. En mer, j'avais le visage d'Erwan en tête, à chaque seconde. Ça m'obsède, je n'arrive plus à dormir, à trouver une paix intérieure.

— La paix, on la trouve toujours avec la vérité, Yves. Je ne suis pas certain qu'elle soit encore remontée à la surface dans cette affaire, dit tranquillement Rochard, en fixant le jeune marin.

Yves Mauric baisse les yeux, puis trouve un refuge en regardant le globe, la petite planète bleue ornant le bureau du commissaire. De son siège, il voit le Pacifique. Il donnerait tout pour y être à cet instant, à naviguer loin de tous les tourments.

— Yves, je sais grâce à l'AIS que tu as passé une soirée et une nuit dans le même mouillage que Jérôme Fouquet et Gilles Chamfort, un pêcheur qui l'accompagnait. Et tu voudrais me faire croire que vous ne vous êtes pas vus à Ster-Wen, dans ce petit abri sur la côte sauvage de Belle-Île ?

— C'est pourtant la vérité, commissaire, répond Yves sans conviction. Je suis arrivé tard et j'ai dormi.

— Je croyais que tu n'arrivais plus à dormir ?

— Commissaire, en mer, on tombe de fatigue. Sauf qu'au lieu de dormir longtemps, je me réveille au bout d'une demi-heure. Alors oui, j'ai bien vu un voilier, un Atlantis je crois, mais c'est tout.

Rochard reçoit le témoignage d'une moue très dubitative.

— Et la nuit précédant l'arrivée d'Erwan, où étais-tu ?

— Chez moi, enfin chez mon père.

— Tu n'étais pas plutôt avec ton père à aller à la rencontre d'Erwan Sauzon au large ?

Yves Mauric feint l'étonnement, mais une nouvelle fois sans vraie conviction.

— Qu'est-ce que c'est que cette nouvelle histoire ?

— Yves, tu nous as affirmé que tu regardais des séries avec ton père. Or, on sait que ton père n'était pas là. Il était en mer à la rencontre d'Erwan. Tu es certain de vouloir maintenir ta version ? Tu sais comme moi que la triche et le mensonge n'ont pas leur place en mer. La vérité finira par revenir au rivage par vagues successives. Méfie-toi qu'elles ne t'éclaboussent pas, qu'elles ne te mouillent pas trop, au point de gâcher le reste de ta vie.

Rochard avertit Yves Mauric tranquillement, sans hausser le ton. Comme on jette une bouée à la mer pour éviter à un marin de se noyer. En vain pour le moment. Le jeune navigateur reste muet et impassible.

— Alors Rochard, ces auditions ?

— Madame la procureur, on progresse. J'ai la certitude qu'Yves Mauric et Gilles Mauric nous mentent. Sans doute pas pour les mêmes raisons, mais ils nous cachent quelque chose. Il me faudrait pouvoir perquisitionner chez eux.
— Je fais le point avec le juge d'instruction, commissaire. Vous aurez votre commission rogatoire dans la soirée.

Rochard retrouve la commissaire Morin au pied du petit immeuble blanc surplombant la plage de Tanchet. Deux policiers éloignent Gilles et Yves Mauric, passablement nerveux à l'idée de voir leur appartement perquisitionné par les enquêteurs.
— Vous voyez, Morin, je trouve qu'on savait mieux vivre dans les années soixante-dix. Les pièces sont tout de suite plus grandes, la cuisine est une vraie cuisine, où l'on peut mettre une vraie table. Quand tu vois les immeubles plus modernes, ça en devient ridicule. Ici, on respire !
— Bref, toujours votre même numéro du « c'était mieux avant », commissaire.
— Traitez-moi de vieux con pendant que vous y êtes, rétorque Rochard en sortant sur la vaste terrasse et la splendide vue sur la baie des Sables-d'Olonne.
— Je ne vous traite pas. Vous êtes l'archétype du vieux con ronchon. C'est tout. Remarquez, ça n'a rien de grave. Vous êtes nombreux dans le même cas, continue d'ironiser la commissaire.
— Morin, vous savez ce qu'il vous dit le vieux con ? Plus sérieusement, je ferais bien traîner notre perquisition pour attendre le coucher de soleil. Ça doit être somptueux ici, avec l'ouest bien dégagé derrière la baie. Et les soleils d'hiver sont souvent d'un rouge exceptionnel.

— Oui, eh bien, en attendant, y a école, rappelle Morin en revenant dans le salon des Mauric.

Comme à son habitude, Rochard va faire semblant de regarder des photos et des papiers, laissant Morin et son flair redoutable agir.

Le commissaire passe en revue les photos de jeunesse de Gilles Mauric, les courses en half-tonner au look improbable, les entraînements d'hiver à La Trinité-sur-Mer, l'ambiance des spis Ouest-France, les nuits « de folie » aux Chandelles à Carnac. Un petit cadre dans la bibliothèque attire son regard. On y reconnaît Yves Mauric et Erwan Sauzon au sortir de l'enfance régatant en Optimist. Dans la bibliothèque, quelques livres de voile, mais aussi des polars, récents ou plus anciens comme des Agatha Christie. Il y a aussi des vieux vinyles, des Stones, de King Crimson, des CD de reggae. Dans ce joyeux désordre, on trouve aussi des DVD rendus poussiéreux par Netflix.

Rochard se rappelle les éclats de rire de sa propre fille et de ses amis en fouinant dans ses vieux vinyles d'adolescence. Les Doors, les Who, Led Zeppelin, Au Bonheur des dames, Bijou, etc. Les pantalons à pattes d'eph' restent une énigme pour les milléniums.

La commissaire Morin le sort de ses rêveries d'ex-fan des seventies.

— Rochard, regardez ce que j'ai trouvé au fond d'un vieux sac à voile dans un placard de la chambre d'Yves.

Elle tient à la main une chemise bleue, où il est inscrit en lettres romanes « Mon ADN », avec « héritage familial » en sous-titre.

— Avec la fortune de son père, ça doit être bourré de billets de Monopoly, raille le commissaire.

— Vous n'y êtes pas Rochard. C'est le dernier cadeau à la mode. Un test ADN pour savoir si vous avez du sang viking, arabe ou mongol. C'est développé par une boîte rennaise. Un jeune type dont le père avait réussi dans le minitel.

— Et alors, le sang des Mauric est irlandais je vous parie !

— Celte en tout cas, oui, mais là n'est pas l'intérêt. Dans le dossier, il y a une feuille indiquant des personnes « matchant » avec le profil génétique d'Yves.

— Matchant ?

— Oui, c'est-à-dire proches. Et là, bingo, il y a une ligne annonçant que les gènes d'Yves Mauric sont à 75 % comparables avec ceux de Yann Sauzon. À ce niveau-là, ils sont forcément parents, de la même famille.

— Que vient faire Yann Sauzon là-dedans, Morin ?

— On a dû lui faire le même cadeau et il a laissé son identité sans réclamer l'anonymat.

— Et ?

— Et du coup on peut le comparer avec tous les tests « mon ADN » du monde entier. Jusqu'à ce que l'improbable arrive, comme ce lien génétique entre Yves Mauric et Yann Sauzon.

— Vous êtes sérieuse, Morin ?

— On ne peut plus, Rochard. J'ai une collègue qui a découvert un demi-frère à Séville avec ces mêmes tests. Je ne vous explique pas l'ambiance dans les dîners de famille ensuite.

— Redoutable en effet cette histoire, commente le commissaire en examinant le dossier génétique d'Yves Mauric. Bon, Morin, pas un mot aux Mauric sur notre découverte. Je veux laisser le temps au labo de vérifier tout ça.

Avec sa blouse blanche trop étroite, ses lunettes rondes de travers, sa bouille perpétuellement étonnée, ses petits yeux rieurs, Alexandre Delafoye est un sujet de moquerie et de tendresse dans la police. Avec ses phrases de poète timide sentant l'encaustique des vieilles bibliothèques, il a l'air d'une autre planète, d'un autre temps. Mais lorsqu'il s'agit de faire parler le moindre des indices, la plus petite trace d'ADN, ce Delafoye n'a pas son pareil à la « scientifique ».

— Comme aimait à le répéter Freud : *Mater certissima, Pater incertus est*, dit-il en saluant les commissaires.

— Que nous dit ce dingue échappé de l'asile ? demande Rochard à Morin.

— En gros, il dit que les femmes dirigent le monde et que les hommes ne sont pas grand-chose.

— L'interprétation est osée mais très intéressante, glisse Delafoye. Mais tout ça, c'était vrai avant !

— Avant quoi, lance Morin ?

— Avant l'ADN et ces tests qui sont un peu à la famille ce qu'a été la bombe nucléaire à la guerre. Une révolution malheureusement irréversible. Autrefois, dans les bonnes familles, quand le dernier né ressemblait plus au nouveau jardinier qu'au père de famille, on détournait le regard et on félicitait la mère. Maintenant, la science se fout des conventions et des barrières sociales.

— Tout ceci est passionnant, Delafoye. Mais côté Mauric, que diraient Freud et Einstein ?

— Eux, je ne sais pas, mais moi je peux vous affirmer qu'Yves Mauric est bien le fils de Yann Sauzon et qu'il n'a aucun gène en commun avec son père. Enfin, Rochard, on dit le père…

— Vous en êtes certain ?

— Absolument certain commissaire, comme on peut affirmer que l'univers est infini.

— Moins que la connerie, Delafoye, moins que la connerie humaine…

XI

Rochard rend une petite visite à Yves Mauric. Il va du côté des loueurs et des concessions des grands constructeurs de bateaux, où le jeune marin lui a dit avoir l'habitude de traîner. Là, on a dit au commissaire d'aller voir sur la zone technique, où les voiliers sont à terre. Le soleil d'hiver envoie sa lumière vive, mais le terre-plein est balayé par un vent sec et froid, soufflant en rafales, parfois violentes.

Des professionnels en combinaison carènent au kärcher ou ponceuse en main. Ailleurs, des retraités passent une couche d'antifouling sur leur bateau. On les reconnaît aisément aux taches de peinture noire sur leurs vieux jeans ou chandails dédiés à ces tâches hivernales.

Rochard cherche Yves Mauric du regard. Rien au niveau du plancher des vaches. C'est en l'air, du côté de la forêt de mâts, qu'il fallait chercher. Le jeune navigateur est au niveau du deuxième étage de barres de flèches d'un grand catamaran à poser une protection en cuir, afin d'éviter le ragage des voiles contre la pièce d'aluminium.

D'un geste de la main, le commissaire fait signe à Yves Mauric de prendre son temps. Ce dernier achève de fixer la protection, avant de se mettre debout sur la barre de flèche et de se laisser descendre doucement le long du mât à l'aide d'une drisse de spi. Rochard se dit qu'il a bien fait de choisir une carrière dans la police, tant il ressent un puissant vertige rien qu'à regarder le jeune marin dans la mâture.

— Bonjour Yves, je voudrais te parler d'un document que l'on a trouvé lors de la perquisition chez ton père et toi.

— Un document ? répète, interrogatif et blême, Yves Mauric.

— Oui, une chemise intitulée « Mon ADN », dans ta chambre, oubliée ou cachée au fond d'un vieux sac à voile.

— Oubliée, commissaire, oubliée, rectifie Yves, qui reprend quelques couleurs.

— Rassure-toi, on n'en a pas parlé à ton père.

— Pourquoi ? Il est parfaitement au courant de ces papiers, précise Yves, étonné.

— Tu lui as dit ?

— Bah oui. C'était un cadeau de mes amis pour mon 28e anniversaire. Je l'ai montré à mon père en rigolant. C'était fin juin, je me souviens. Je lui ai dit que j'avais du sang celte et des gènes proches de son ami Yann Sauzon. Quel hasard quand même, en sourit encore Yves.

À cet instant, le commissaire Rochard se demande si c'est du lard ou du cochon, si c'est un jeu de mauvais goût ou si Yves Mauric n'a réellement pas mesuré ce que représente vraiment le résultat de ce test ADN pour celui qu'il croit encore être son père.

— Et quelle a été la réaction de ton père ? demande le commissaire.

— Étrangement, aucune. Comme si le sujet ne l'intéressait pas. J'ai essayé de lui en reparler une fois, mais il a éludé. Pourquoi me posez-vous la question, commissaire ? Quel est le rapport avec votre enquête ?

Devant la sincérité naïve d'Yves Mauric, Rochard choisit de détourner la conversation.

— Et pour la dernière nuit en mer de ton ami Erwan Sauzon, tu es toujours certain de ne pas être allé au large à sa rencontre avec ton père ?

— Commissaire, je n'ai rien à ajouter à ce que je vous ai déjà dit, répond Yves Mauric, le visage de nouveau fermé.

Rochard se réfugie ensuite dans le seul bar de la zone technique. Les doigts gelés et les lèvres gercées par le froid, il commande un grand crème « bien chaud ».

— Allô, Morin ? En fait, Yves Mauric n'est pas au courant pour son père

— Il n'est pas au courant de quoi, Rochard ?

— Bah que son père n'est pas son père, précisément.

— Il ne se doute de rien, vraiment ?

— Non, je ne crois pas, sincèrement.

— Bah je ne suis pas prête à le prendre dans mon commissariat. C'est peut-être un cador pour tenir une barre ou border des voiles, mais question jugeote, c'est une truffe votre Yves Mauric.

— Vous êtes un peu dure, Morin. La question est maintenant de savoir si Gilles Mauric, son père, enfin son père légal, a, lui, fait le rapprochement ? Selon Yves, il n'a pas réagi quand il lui a annoncé le résultat des tests ADN.

— Commissaire, je serais vous, j'irais chercher du côté de sa mère pour en avoir le cœur net. La vérité sort toujours de la bouche des femmes, pas de vous, les hommes, dix fois plus menteurs que des arracheurs de dents.

— Toujours le même refrain, Morin. Et je la trouve où l'ancienne femme de Gilles Mauric ?

— J'ai fait mes recherches. Elle vit seule à La Baule où elle travaille dans une voilerie. J'ai ses coordonnées si vous voulez.

— Oui, merci. En attendant, est-ce que vous pouvez mettre quelqu'un sur les données de cette boîte rennaise « Mon ADN » ? Y a peut-être des infos à gratter ?

— Et j'y gagne quoi, au « grattage » ?

— Ce que vous voulez, chère collègue.

— Alors, ce sera quelques huîtres et un verre de blanc, commissaire.

— Vendu, Morin !

Le lendemain, la commissaire Morin accueille son collègue Rochard en fanfare !

— J'ai eu de la chance au grattage avec les huîtres, excellentes d'ailleurs cher camarade, mais vous en avez eu au tirage. Les « data » de la société « Mon ADN » ont parlé, Rochard. Et elles ont été bavardes ! Figurez-vous que Gilles Mauric a effectué un test au début du mois de juillet dernier. Et devinez quoi ?

— Morin, j'ai passé l'âge des devinettes.

— Ce que vous pouvez être rabat-joie ! Bon je vous le dis quand même : ce test confirme que Gilles Mauric n'est absolument pas le père biologique d'Yves. Mieux, notre ami Delafoye de la scientifique a pu croiser ces résultats avec ses propres échantillons et confirme le nouveau tableau de famille officiel. Yann Sauzon est bien le père d'Yves Mauric. C'est quand même curieux chez les marins cette manie de laisser des enfants dans chaque port, Rochard. Qu'en dites-vous ?

— J'en dis que les cartes du jeu des sept familles de ce triste Globe Race viennent d'être éparpillées. Et je vais effectivement aller piocher des infos du côté de La Baule, chez l'ancienne dame de cœur de Gilles Mauric.

Le commissaire Rochard est d'autant plus heureux d'aller à La Baule que cela l'« oblige » à passer par l'estuaire de la Loire et Saint-Nazaire, un de ses coins favoris, un de ses amers de cœur même. En découvrant au loin à travers son pare-brise les piles du pont de Saint-Nazaire, Rochard se réjouit à l'avance du spectacle. Avec ce temps clair et ce ciel bleu d'hiver, la vue promet d'être superbe en haut.

Le commissaire lève le pied pour ne rien rater du spectacle. À gauche, le chenal mène au large, à l'horizon et ses promesses. Un immense porte-conteneurs est en train de l'emprunter, accompagné d'un pilote de Loire, alors que cinq ou six cargos sont en attente, à quelques milles. À droite, dans le soleil, on distingue le fleuve et le port de Saint-Nazaire. Et si les maisons et les immeubles paraissent minuscules, le rouge et le blanc du portique des chantiers de l'Atlantique se détachent nettement dans le panorama. Tout comme les immenses paquebots qui s'y construisent. Rochard connaît bien ce quartier de Penhoët. Il était en poste à Saint-Nazaire lors de la construction du *Queen Mary 2*, le plus beau de tous, selon lui.

Il en a passé des heures à le regarder grandir dans sa forme de construction, tel un gigantesque Lego. Il lui arrivait même de monter à pied sur le pont de Saint-Nazaire, pour réaliser des « vues aériennes » du paquebot, notamment quand il a reçu sa signature, à savoir l'élégante cheminée rouge et noire, symbole de la Cunard.

La dernière fois que Rochard est venu à Saint-Nazaire, c'était d'ailleurs pour fêter le même *Queen Mary 2*. Dix ans après le « drame de la passerelle », qui avait endeuillé la fin de la construction du paquebot, le *Queen Mary 2* a été célébré par plusieurs centaines de milliers de spectateurs lors du départ de la course *The Bridge*. Un souvenir magique de voir le plus beau des paquebots récents lancés à Saint-Nazaire, entouré des trimarans de course et survolé par un Airbus A 380. Quel spectacle incroyable…

Aujourd'hui, l'estuaire de la Loire paraît froid et bien vide en comparaison de ce jour ensoleillé de juin 2017.

En arrivant à Pornichet, Rochard déboule sur le remblai. Enfin, déboule, il faut le dire vite entre les gendarmes couchés, les radars debout et les panneaux 30 km/h. La vue de la fameuse baie de La Baule, englobant Pornichet et les élégantes villas du Pouliguen, lui provoque toujours la même émotion. La même nostalgie des soirées de fête, de sa jeunesse, où l'insouciance avait le goût du Banyuls doux du fameux bistrot

Le Bidule. Où les nuits se dansaient au sous-sol du *Scotch* ou devant les trompes d'éléphant de *La Grange*. Avec ces mêmes matins au goût de cendres des dizaines de clopes grillées, quand les boîtes de nuit sentaient autre chose que la sueur.

La voilerie *South Wind* se situe en zone industrielle, sur la route de Guérande la médiévale. Rochard choisit d'arriver vers midi, histoire de ne pas déranger Mme Mauric dans son travail, enfin plutôt Florence Jaouen, de son nom de jeune fille. Le commissaire rentre dans la voilerie. Personne à l'accueil. Il poursuit vers une vaste salle d'où il entend des bruits de voix et de machines à coudre. Derrière une protection de plastique, Rochard découvre le cœur de la voilerie. Il s'approche d'un immense parquet, lumineux et d'une propreté impeccable, où plusieurs personnes s'affairent autour d'une voile étalée en triangle.

— Je souhaiterais m'entretenir avec Florence Jaouen, s'il vous plaît.

Une femme mince au visage fin, les cheveux blonds légèrement bouclés sur les pointes, des yeux bleus expressifs et rieurs, se lève.

— C'est moi, que me voulez-vous ?

— Commissaire Rochard, je souhaiterais vous poser quelques questions à propos de votre ancien mari.

— Gilles ? Qu'a-t-il encore fait comme conneries, ce bon à rien ?

— Rien de grave, enfin j'espère. Puis-je vous inviter à déjeuner pour en discuter plus calmement ?

Florence Jaouen fixe le commissaire Rochard un bon laps de temps. Son instinct ne lui envoie aucun « warning ». Au contraire, elle lui trouve une bonne bouille, un charme indéfinissable.

— Y a un restau ouvrier à côté. Le menu est simple et complet, propose Florence Jaouen.

— Ce sera parfait, opine Rochard.

Dans le petit bistrot ouvert à toutes les lumières avec ses baies vitrées, les bosseurs du coin commencent à arriver. Les gars du petit chantier naval voisin s'installent. Ils empestent la résine et le gelcoat. Les caissières de la supérette du coin prennent aussi leur pause. Elles s'assoient à une table voisine des jeunes du cabinet d'assurance, en costard slim bleu « ras du cul », avec l'inévitable gel dans les cheveux. Rochard adore ce type d'ambiance, mélange de genres et de classes, à l'inverse du mauvais tournant communautaire et tribal de nos sociétés. Il n'y a rien de plus ennuyeux que de voir des gens qui vous ressemblent ou qui sont du même avis. C'est même d'une infinie tristesse.

Rochard opte pour un œuf mayo, une bavette frites et une crème catalane. Avec le pichet de la réserve du patron.

— Ça ne vous embête pas si je ne prends qu'une salade et une demi-Badoit ? Je mange léger, sinon je m'endors sur mes voiles, sourit l'ancienne femme de Gilles Mauric.

— Non point, répond Rochard. J'irai faire dix minutes de sieste sur la grande côte.

Tout en prononçant cette petite blagounette, le commissaire se dit que Florence a vraiment un charme fou. L'idée d'un début de coup de foudre lui traverse même l'esprit. Il essaie d'évacuer cette pensée, mais le fait est qu'il y a belle lurette qu'il n'avait pas ressenti ce sentiment trouble, ce cœur qui bat plus vite pour autre chose qu'un mauvais stress.

— J'aimerais tant vous y accompagner, lui glisse Florence. C'est tellement beau du côté de Batz-sur-Mer, à regarder le large du côté de la plage de la Govelle, avec les phares du Four et de la Banche décorant joliment l'horizon.

La voix presque tendre de la mère d'Yves Mauric ajoute encore au trouble du commissaire. Il s'imagine même enlacé avec Florence sur un banc dominant la plage de la Govelle.

Rochard a désormais peur que son sentiment amoureux transparaisse et qu'il soit ridicule aux yeux de Florence Jaouen si d'aventure le courant ne passait que dans un seul sens. Même s'il a l'impression que tel n'est pas le cas. Un ange et Cupidon passent dans ce bar-restau ouvrier.

— Florence, ma mission est délicate, prévient Rochard. Je vais vous poser des questions qui peuvent vous froisser, et je m'en excuse à l'avance, dit-il, presque timide.

Jamais il ne s'était montré aussi prévenant lors d'un interrogatoire.

— Ne vous inquiétez pas commissaire, j'en ai vu d'autres, le rassure-t-elle, à rôles inversés.

— Quand avez-vous vu votre ex-mari pour la dernière fois ?

— En juillet dernier. Il a débarqué en furie, sans prévenir, pour m'accuser de choses du passé, assez douloureuses en effet.

— C'est-à-dire, Florence ?

— Il m'a reparlé d'une liaison ancienne avec Yann Sauzon, durant sa course autour du monde en équipage. Sur le moment, je n'ai pas compris cet accès de jalousie tardif. Mais c'était avant qu'il ne sorte des papiers d'un test ADN prouvant qu'il n'est pas le père biologique de notre fils Yves. À cet instant, j'ai eu vraiment peur, commissaire. Il était hors de lui, m'a accusé de le savoir depuis le début, ce qui est faux, même si j'ai toujours eu des doutes.

— Pourquoi ces doutes ?

— C'est très simple. C'est vrai que j'ai eu une liaison fugace avec Yann Sauzon, mais j'avais retrouvé Gilles quelques jours plus tard lors d'une escale au Cap, en Afrique du Sud. Alors, comment savoir, comment être sûre ?

— Et selon vous, Yann Sauzon se doutait-il de quelque chose ? On me l'a décrit toujours très « paternel » avec Yves ?

— Honnêtement, je ne sais pas. C'est aussi dans son caractère d'avoir de l'empathie pour ses proches.

— Et votre ancien mari vous a dit ce qu'il comptait faire ?

— Non, à part me hurler sa haine à la figure, et envers celle de Yann.

— Pensez-vous qu'il puisse en vouloir à Yves ? Votre fils le juge distant, froid...

— Je ne crois pas, commissaire. Gilles est au fond un type bien, mais il n'est pas doué pour le bonheur.

— C'est-à-dire ?

— C'est un pur, trop entier, trop idéaliste. Pour lui, l'amour, qu'il soit conjugal ou filial, est parfait ou il n'est pas. Il est un peu comme ces révolutionnaires qui finissent dictateurs dans des bains de sang car la vertu qu'ils rêvaient n'est pas au rendez-vous. Mais lui, il s'est peu à peu retiré du jeu. Au point que son fils ne comprend pas qu'il est l'amour, la passion de sa vie.

— J'entends, Florence. Sauf qu'Yves n'est pas son fils.

— Oui, c'est terrible cette histoire d'ADN. Pour moi, Gilles est détruit à tout jamais. Vous voyez, il m'a fait une vie impossible, mais j'en arrive presque à le plaindre.

— Merci Florence, je vous tiendrai au courant. Vous voulez un café ?

— Volontiers, commissaire.

Cupidon suivi d'une ribambelle d'anges passe et repasse au-dessus du bar du resto ouvrier baulois.

Le commissaire Rochard donne rendez-vous à Yann Sauzon sur le village du Globe Race. Il n'y a plus grand monde à déambuler dans le village et sur le ponton des bateaux de la course. Il ne reste plus que deux concurrents en mer. Les deux hommes décident de discuter en marchant sur le ponton, entre les bateaux du Globe Race.

— M. Sauzon, m'avez-vous caché quelque chose concernant Yves Mauric ? demande sans préambule Rochard.

— Non, pourquoi cette question ? répond le père du vainqueur du Globe Race, craignant une révélation sur la présence de l'ami de son fils sur son bateau la veille de son arrivée aux Sables.

— Gilles Mauric ne vous a jamais parlé de test ADN ?

Yann Sauzon ne feint pas. Il tombe réellement des nues en entendant la question de l'enquêteur.

— De quoi me parlez-vous maintenant, commissaire ?

Rochard s'arrête de marcher.

— Je vous parle d'une chose dont l'importance ne va pas vous échapper. Gilles Mauric a effectué un test ADN dont il ressort qu'il n'est pas le père biologique de son fils Yves. Il l'a fait car ce dernier avait eu le même test comme cadeau d'anniversaire en juin. Il faisait apparaître une grande proximité génétique avec votre profil. Du coup, nous avons tout vérifié avec les moyens de la police scientifique. Le résultat est sans ambiguïté : vous êtes bel et bien le père d'Yves Mauric. Il n'y a aucun doute là-dessus.

Sous le choc, Yann Sauzon s'appuie sur le franc bord d'un bateau. Rochard, qui a une longue expérience des réactions de témoins et suspects, juge qu'il ne simule pas la surprise.

— Vous ne vous en doutiez pas un peu, M. Sauzon ?

— Non, vraiment pas, car Florence m'avait toujours assuré qu'il n'en était rien.

— Je veux bien vous croire, mais pourquoi avoir toujours eu une attitude de « père d'adoption » avec Yves Mauric. C'est lui-même qui nous l'a dit ?

— Je, je ne sais pas, bafouille Yann Sauzon. Peut-être un sixième sens ? Et j'adore ce gosse.

— Votre gosse, M. Sauzon.

À cet instant, le père de Yann ne peut s'empêcher d'essuyer une larme.

— Je comprends mieux l'attitude agressive ou bizarre de Gilles à mon égard ces derniers temps, confie-t-il.

— Symboliquement, vous venez tous les deux de perdre un fils sur ce Globe Race, lâche Rochard. Mais Gilles Mauric, lui, a le sentiment d'avoir tout perdu et vous non, en récupérant le sien si vous me passez cette expression maladroite. Restez sur vos gardes, M. Sauzon. Gilles Mauric est une comme une bête blessée. On ne peut rien présager de ses réactions. Souhaitez-vous une protection policière ?

Yann Sauzon a l'air interloqué par la proposition du commissaire.

— Il n'en est pas question, répond-t-il, l'air offusqué. Vous savez, je connais bien Gilles. On a souvent navigué ensemble. C'est un type certes un peu sombre, mais un type bien, capable d'aucune violence. Au contraire, il sera de mon devoir d'avoir une discussion d'homme à homme avec lui. Contrairement à ce que vous sous-entendez, je ne veux récupérer aucun enfant, commissaire. Je ne veux rien lui voler ni lui arracher. Nous agirons en adultes pour le bien d'Yves, qui a, lui aussi, suffisamment souffert comme ça avec la disparition d'Erwan.

Comme il le pressentait déjà depuis quelque temps, Yves Mauric est bel et bien au cœur de l'affaire. Sauf que le commissaire Rochard a la conviction qu'il lui manque encore des informations pour dénouer cette affaire, plus complexe qu'un de ces nœuds marins dont on n'arrive jamais à retenir le secret. Il est d'autant plus impatient de découvrir la vérité que la mère d'Yves ne lui est pas du tout indifférente. Il en a même du mal à se concentrer tant son image est omniprésente dans ses pensées.

Rochard appelle Yves Mauric sur son portable. Comme prévu, il tombe sur sa messagerie.

— Maudite génération qui ne répond jamais ou par message vocal sur WhatsApp, ronchonne en silence Rochard, en pensant très fort à sa fille Éloïse.

— Bonjour Yves, c'est le commissaire Rochard. Rien de grave, rassure-toi, mais j'aurais besoin de vérifier deux ou trois petites choses avec toi. Veux-tu que je t'invite à dîner du côté de La Chaume, ce sera moins solennel et stressant qu'au commissariat ? Rappelle-moi s'il te plaît.

Comme prévu, là encore, Yves Mauric envoie un message deux minutes plus tard. Le texto est lapidaire : « O.K., où et quelle heure ? » Rochard répond aussitôt : « Au *Rochebonne*, 20 heures. »

La journée est décidément bien étrange pour le commissaire. Il tombe sous le charme de la mère d'un gamin qu'il va interroger le soir même lors d'un dîner dans le cadre d'une enquête policière. Le monde est un mouchoir de poche, disent les Espagnols…

Famille, quand tu nous tiens ! C'est maintenant Éloïse, la fille geek et voileuse de Rochard, qui lui envoie un de ces « maudits » messages vocaux sur WhatsApp : « Papouille chéri. J'ai repéré un post vidéo de Jérôme Fouquet sur le Darknet. Ne me demande pas ce que c'est, tu n'y comprendrais rien. Mais regarde-le avant qu'il ne débarque sur les réseaux sociaux, c'est très intéressant pour ton enquête. Je crois que je viens de gagner ma croisière en Patagonie mon papouille. Grosses bises. »

Deux secondes plus tard, le commissaire reçoit ladite vidéo sur son compte WhatsApp. On voit Jérôme Fouquet, amaigri mais le teint hâlé, se filmer sur le pont d'un voilier, dont on n'aperçoit que les haubans et les filières, pour éviter de le reconnaître. Il tient dans ses mains une tablette numérique. Il l'approche de la caméra, afin que l'on puisse lire sans équivoque possible la date et l'heure de l'enregistrement, à savoir aujourd'hui il y a à peine une heure. En arrière-plan, on voit une côte de pierre jaune moutarde, presque ocre, avec de rares zones de végétation et quelques pins. Vu la couleur de l'eau, on dirait la Méditerranée. Mais cette côte peut aussi bien se situer en Catalogne, au sud de Valencia, aux Baléares, en Sicile ou encore en Croatie, impossible de savoir.

Rochard appelle la commissaire Morin afin d'écouter ensemble le message de Jérôme Fouquet : « Bonjour, j'ai tenu à poster cette courte vidéo pour affirmer que personne d'autre que moi ne doit payer pour la mort d'Erwan Sauzon. La veille de sa disparition, je suis allé le voir au large avec quelques personnes. Il m'a confié en aparté souffrir beaucoup et dormir très peu. Devant tout le monde, il a au contraire donné le change et fait bonne figure, assurant être en bonne forme. Je lui ai conseillé de prendre une dose de morphine, ce qu'il a refusé. Nous étions la veille de son arrivée aux Sables-d'Olonne, aussi j'ai voulu l'aider à se reposer et moins souffrir. J'ai donc dilué un peu de morphine dans son verre de champagne. J'ai agi seul, sans en parler ni à son médecin, le professeur Quentin, ni à Gilles Mauric, ni à Yann Sauzon. Je reste toutefois persuadé que son décès est accidentel, comme l'a toujours dit le professeur Quentin. Trop de fatigue physique et nerveuse accumulée durant le Globe Race a eu raison de son organisme déjà atteint par la maladie. Je ne regrette rien, car j'ai agi pour son bien, en accord avec ma conscience. Ceci est mon dernier message. Je vais disparaître en mer et finir de vivre ma vie. Plus rien ne me rattache à votre monde. Comprenez ce que vous voudrez. Adieu. »

Rochard et Morin, se regardent, éberlués.

— Ce type a l'art de foutre la cagade et de nous mener en bateau, soupire la commissaire Morin. Mais bon, là, il faut reconnaître qu'il tue le « game », mon bon Rochard. Plus de suspense et plus de suspect, tu vas pouvoir plier les gaules et rentrer à La Roche-sur-Yon !

— Ouais, répond Rochard, l'air peu convaincu. Je vais déjà transférer la vidéo à la proc' et attendre sa réaction.

Là encore, magie des technologies numériques, la procureure ne se fait pas attendre. Rochard met son téléphone sur haut-parleur.

— Bon, Rochard, j'ai eu Paris. Ils sont d'accord avec moi. Il faut mettre un terme à nos investigations et en rester sur le mystère laissé par Fouquet. Cette issue me va bien d'ailleurs car elle est finalement la plus douce possible pour les entourages et l'opinion publique.

— Madame la procureure, je ne suis pas d'accord avec vos conclusions. Ce type nous balade depuis le début. C'est un manipulateur né. Laissez-moi encore un peu de temps, je sens que la vérité est ailleurs.

— Vous avez une piste sérieuse, Rochard ? Un début de preuve ?

— Non, juste une suspicion autour de la personnalité d'Yves Mauric.

— Rochard, cette vidéo va faire la une dans quelques minutes. Les gens ne comprendraient pas que la police et la justice restent silencieuses. Je vais faire partir un communiqué indiquant que l'on met fin à l'enquête. On pourra toujours y revenir en cas d'éléments nouveaux, si on coffre Fouquet par exemple. Mais en attendant, je vous demande solennellement de ne plus enquêter, Rochard. C'est bien compris ?

— Oui, madame la procureure. Bien compris.

En raccrochant, Rochard fait un large clin d'œil à sa collègue Morin.

— Ça ne m'empêche pas de dîner ce soir à La Chaume avec Yves Mauric, dans un cadre strictement privé, non ?

— Vous êtes vraiment incorrigible, Rochard ! Vous pourrez toujours dire que vous allez demander la main de sa mère à Yves Mauric, lâche-t-elle dans un grand éclat de rire, ayant saisi, à des remarques faussement indifférentes de son compère, combien il avait été troublé par cette rencontre bauloise.

— Pfff. C'est malin…

Le commissaire Rochard a décidé d'aller au *Rochebonne* à pied. Il aime se balader le long des quais de La Chaume, humer les parfums d'océan autant que l'ambiance à la sortie des « rades ». Sur le chemin, son smartphone vibre dans sa poche. C'est une alerte du journal *Ouest-France* : « Jérôme Fouquet affirme être seul responsable dans l'affaire de la disparition d'Erwan Sauzon ».

— Et c'est parti, se dit Rochard. Et l'info va grossir, partir en vrille et tourner en boucle sur les réseaux sociaux, sans la prudence journalistique de cette alerte.

En arrivant dans la salle chaleureuse du *Rochebonne*, Rochard aperçoit Yves Mauric déjà installé à une table ronde près d'une fenêtre, sous la majestueuse maquette d'une frégate pendant du plafond, comme on en voit beaucoup dans les chapelles et les églises bretonnes.

En s'installant à son tour, Rochard remarque l'info affichée sur le smartphone du jeune marin. Il s'agit d'un lien vers la vidéo de Jérôme Fouquet.

— Inutile de te demander si tu es courant, ça me facilite la tâche, Yves. Mais comme je te l'ai dit, nous ne sommes pas au commissariat. Tu es libre de parler, de dire, mais aussi de ne pas dire. Déjà, comment vas-tu ?

Yves Mauric se détend peu à peu. Rochard sait le mettre en confiance.

— Bah, j'ai connu mieux, monsieur. Tout ça me dépasse.

La serveuse arrive avec deux cartes.

— Aujourd'hui, nous avons aussi du thon rouge tout frais débarqué, que l'on propose en tartare en entrée ou mi-cuit en plat principal.

— Avez-vous des huîtres ? demande Rochard, l'air gourmand.

— Bien sûr monsieur, on a des spéciales n° 3 de la Guittière.

Rochard se retourne vers Yves Mauric :

— Veux-tu goûter à mon dopage favori ? De quoi gagner toutes les guerres ! Le fameux THB *made by* Rochard. Thon, huîtres et vin blanc.

Yves Mauric acquiesce en souriant.

— Alors, ce soir, ce sera un BHT mademoiselle, c'est-à-dire dans le bon ordre blanc, huîtres et thon rouge mi-cuit, précise le commissaire.

En dégustant le Pouilly-Fuissé proposé par la serveuse, Rochard demande au jeune marin de lui raconter son dernier convoyage, de Corse à Antibes.

— C'était génial, s'enthousiasme Yves. J'ai fait comme mon père m'a toujours appris en cas de mistral.

— À savoir ? demande le commissaire.

— Ne jamais l'affronter de face au moteur, ni même au louvoyage à la voile, mais contourner la Corse par l'est et remonter vers l'île d'Elbe, la riviera italienne et profiter des vents de sud puis d'est au niveau de Gênes.

— À propos de ton père, Yves, as-tu eu de ses nouvelles récemment ?

— Euh, non, pas vraiment, bredouille le navigateur.

— Ça n'est pas très facile avec lui, pas vrai ?

— C'est rien de le dire, lâche Yves. Je ne sais pas trop ce qu'il a depuis cinq, six mois, mais il est très agressif et surtout imprévisible. Soit il ne dit rien, soit il pète des plombs. Il n'a jamais été très cool, mais là c'est l'enfer.

— Depuis quand il a changé selon toi ?

— C'était vers l'été, quand j'aidais Erwan à préparer son bateau.

Le dîner se poursuit, tranquillement. L'atmosphère est aussi chaleureuse que le décor du restaurant. Une ambiance de cocon, renforcée par un généreux feu de bois dans une large cheminée blanche et bleue. Les huîtres étaient « super », au goût d'Yves Mauric.

— Et avec Yann Sauzon, comment ça se passe ?

— Oh ! Avec lui, ça a toujours été très cool. J'adorais faire des régates avec lui et Erwan. Il était tellement sympa et attentif que parfois, je voulais qu'il soit mon père. Des conneries d'enfant, vous voyez, rit Yves.

— Juste, pour évacuer le sujet, qu'as-tu pensé de la vidéo de Jérôme Fouquet ?

— C'est du grand n'importe quoi. Lui aussi pète des plombs, tempête le jeune homme.

— À propos de quoi ?

— Déjà, quand il dit qu'Erwan était très fatigué et souffrait. C'est totalement faux. Croyez-moi, il était plutôt en meilleure forme en fin de Globe Race qu'au début, affirme Yves en haussant le ton.

— Comment ça croyez-moi, comment le sais-tu ?

À cet instant, Yves Mauric rougit. Ses lèvres tremblent et plus aucun son ne sort de sa bouche. Il voudrait nier, inventer de nouveaux mensonges, dire qu'Erwan lui a dit tout ça par téléphone satellite. Il pourrait mais il n'en peut plus.

Yves s'écroule en larmes. Rochard bouge sa chaise pour le réconforter et le serrer dans ses bras. Il le console comme il le ferait avec son propre fils.

— Tu ne peux pas porter seul une histoire visiblement trop lourde. Je crois deviner ce qui s'est passé, mais je ne veux pas te forcer, dit tranquillement Rochard.

— Et que croyez-vous avoir deviné? demande Yves entre deux sanglots.

— Que tu étais avec ton père pour aller à la rencontre d'Erwan le dernier soir, en mer, au large des Sables-d'Olonne.

Yves parvient à sourire malgré son immense chagrin. Rochard ne sait pas trop comment l'interpréter mais évite d'insister avec une nouvelle question. Au bout d'un petit moment, Yves poursuit :

— Vous n'y êtes pas du tout, monsieur le commissaire. C'est bien plus incroyable que ça. J'étais à bord du bateau d'Erwan depuis le premier soir de la course. À la demande principalement de Yann et Jérôme Fouquet, je suis monté secrètement sur son bateau pour l'aider au cas où sa maladie deviendrait trop grave.

Rochard ne parvient même pas à dissimuler son étonnement, lui qui en a pourtant vu de toutes les couleurs durant sa déjà longue carrière.

— Et tu as fait toute la course avec lui ?

— Oui, je sais, ça paraît dément. Mais attention, je ne l'ai jamais aidé en quoi que ce soit. C'était notre pacte. Ne pas tricher et rester dans l'esprit de la course, en solitaire et sans assistance. Je n'ai fait que lui remonter le moral quand il avait des crises.

— Et tu as fait tout ça par amitié, Yves ? C'est magnifique.

— Vous le pensez vraiment ?

— Bah évidemment, tu as pris tous les risques, juste pour être présent à bord, sans avoir le plaisir de participer à la navigation. Ça doit être une torture, terriblement frustrant ?

— C'était affreux, oui. Surtout qu'Erwan n'avait pas été consulté et n'était pas d'accord. Il a mis longtemps à m'accepter.

— Qui t'a convaincu de le faire ? Fouquet ?

— Lui, non ! Je ne l'ai jamais senti ce mec. Non c'est Yann, le père d'Erwan. Il a trouvé tellement de mots justes pour me le demander. Il était tellement émouvant. Il y avait une montagne d'amour pour Erwan. Il voulait absolument éviter que son fils meure seul en mer et que son corps et le bateau soient emportés, à la dérive. J'ai craqué, même si je sentais bien que c'était une pure folie.

— Et alors, comment ça s'est passé à bord ?

— Je vous l'ai dit, difficile au début. Il me rejetait, m'adressait à peine la parole. Et puis, quand il a vu que, lors de ses crises, je ne faisais que le soutenir, sans toucher ni à la barre, ni à la navigation, ni au réglage des voiles, la confiance s'est peu à peu réinstallée. Et surtout, je ne lui ai jamais donné mon avis sur quoi que ce soit durant la course, ses choix tactiques, ses réglages.

— Et toi, tu l'as vécu comment, ce statut de « passager quasi clandestin » ?

— Il n'y a pas un jour où je ne me suis dit « Que fais-tu là ? C'est une énorme erreur, ça risque de se savoir un jour et tu resteras comme LE tricheur du Globe Race, à tout jamais ». Cette idée me hante tous les jours, à terre comme en mer. Je n'arrive plus à dormir, à relâcher un peu la pression. Et puis il y a eu la mort d'Erwan, incompréhensible, insupportable, et toutes ces histoires autour du professeur Quentin, de Jérôme Fouquet, des doses de morphine.

— À ce sujet, qu'en dis-tu ?

— Erwan en prenait par moments, mais le moins possible. En revanche, je suis formel, c'est mon père qui a sorti les flûtes de champagne en plastique et rempli les verres juste devant moi. Jérôme Fouquet ment avec son histoire d'avoir versé ou mis une dose de morphine à cet instant. C'est impossible.

Plus la soirée avance, plus Yves Mauric devient bavard. Il se libère d'une parole trop longtemps contenue. Il le fait d'autant plus facilement que le commissaire Rochard ne le juge pas et l'écoute avec une réelle empathie.

— Comment était ton père ce soir-là sur le bateau d'Erwan ?

— Il n'a pas desserré les dents de la soirée.

— Et ensuite ?

— *Idem*. Il m'a même engueulé plusieurs fois sans raison. Et ensuite, ça été pire chaque jour.

— Et ses rapports avec Yann Sauzon ?

— Là, je l'ai trouvé carrément infect. À l'annonce de la mort d'Erwan, il n'a même pas eu les mots pour réconforter son vieil ami. Pire, il s'est montré agressif, brutal envers lui. J'en suis venu à le détester.

— Ce changement d'attitude de ton père, tu ne te l'expliques vraiment pas ? Il ne t'a rien dit de spécial ? Ni ta mère ?

— Lui, non. Mais ma mère m'a dit plusieurs fois de ne pas juger trop vite mon père, qu'un jour je comprendrai.

— Et tu penses pouvoir comprendre un jour ?

— S'il continue comme ça, franchement non. Je ne vois pas ce qu'il peut cacher de si terrible pour être à ce point détestable.

— Yves, me permets-tu de te mettre sur la voie, dit le commissaire Rochard le plus doucement possible, alors que la serveuse amène les cafés.

— Vous savez quelque chose ? s'inquiète, nerveux, Yves Mauric.

— Peut-être. Tu sais, je t'ai interrogé sur ton dossier « Mon ADN » retrouvé dans ta chambre...

— Et ?

— Et je crois que ton père a changé d'attitude depuis le jour où tu lui en as parlé sur le ton de la rigolade. Car il a lui-même fait un autre test ADN quelques jours plus tard.

— Et que dit le résultat ?

À cet instant, Rochard serre Yves dans ses bras, comme pour le prévenir d'un terrible choc à venir.

— Le résultat est formel, Yves. Ton père n'est pas ton père biologique. Ton vrai père est Yann Sauzon. Nous avons réalisé des tests ADN qui ne laissent planer aucun doute, aucune ambiguïté là-dessus. Yann Sauzon et ta mère avaient eu une aventure lorsque ton père participait à une course autour du monde en équipage avec escales. Juste avant que ta mère ne rejoigne ton père à une escale au Cap, en Afrique du Sud.

Des larmes coulent à nouveau sur le visage d'Yves Mauric. Il se prend la tête entre les mains, de sorte que l'on ne voit plus que ses cheveux blonds bouclés. Rochard le serre encore plus fort, en lui caressant la tête.

— Tu vas devoir être fort et surtout tu vas devoir apprendre à pardonner et à comprendre la douleur de ta mère, de ton père et de Yann. Ce n'est facile pour aucun d'eux, même si le plus difficile sera évidemment pour toi.

Abattu, Yves acquiesce doucement de la tête. Dehors, une brume épaisse est tombée. On entend au loin les sirènes des bateaux en approche du chenal. Le jeune navigateur se dit qu'il est finalement plus facile de naviguer en plein brouillard en mer que dans la vie. Où sont les systèmes satellitaires pour nous prévenir des dangers dans notre vie ? Où sont les traceurs pour nous indiquer le meilleur chemin à suivre, pour éviter de dériver, sans boussole ni amer dans l'âme ?

XII

Gilles Mauric a la surprise de recevoir un texto provenant de Yann Sauzon. Cela fait déjà plusieurs jours qu'ils n'échangent plus, que leurs rapports sont de plus en plus ombrageux. Son ancien meilleur ami l'invite à essayer un nouveau monocoque, le Ska 40, présenté au Salon nautique quelques semaines plus tôt. « On t'attend vers 14 heures avec Antoine, le patron du chantier Hook qui construit les Ska. Ponton F-42 », précise Yann Sauzon.

Gilles se laisse tenter. Il aime beaucoup ces voiliers racés destinés à la course ou à la croisière spartiate et très rapide. Dépouillés du poids du confort « hôtelier », les Ska sont des bateaux très larges et puissants, notamment aux allures portantes. Ils ont d'ailleurs un air de famille très prononcé avec les voiliers du Globe Race, les outriggers, le mât pivotant et la quille pendulaire en moins.

« Je suis parti en mer essayer le Ska 40 avec Yann. Serai là pour dîner. Il faut qu'on parle. Ton papa. » Le mot a été déposé sur la table basse du salon pour Yves Mauric, qui est resté cloîtré toute la matinée dans sa chambre. En entendant la porte claquer, Yves est enfin sorti de son antre.

— Un peu qu'il faut qu'on parle, chuchote-t-il en lisant le bout de papier.

Encore sous le coup des révélations du commissaire Rochard, Yves est intrigué par la signature. « Ton papa », là où celui qui était encore son père avant le dîner de la veille signait plus simplement « papa ». Il se fige soudain et se met à chercher fébrilement le numéro de téléphone que le commissaire lui a laissé.

En marchant sur le ponton, Gilles Mauric aperçoit la ligne caractéristique du nouveau Ska 40. Il voit aussi son mât en carbone noir, qui se détache de ceux en alu gris des autres voiliers de croisière. Yann, penché sur la delphinière à installer le gennaker, lui fait un signe de la main. Antoine Lacombe, le patron du chantier Hook, est au pied du mât.

— Montez à bord, invite-t-il d'une voix puissante.

Les trois hommes se saluent.

— Bonjour et au revoir, dit Antoine Lacombe en serrant la main de Gilles.

— Vous ne restez pas avec nous ?

— Non, malheureusement, j'ai un rendez-vous urgent à Nantes. Je dois partir. Vous me donnerez vos impressions sur notre dernier bolide, glisse en souriant le patron du chantier Hook.

Paraissant interloqué, Gilles dit à Yann qu'il doit retourner à sa voiture chercher son pantalon de ciré.

— Y'en a un à bord, ne t'inquiète pas, lui lance Yann.

— Je préfère avoir le mien, insiste Gilles, en descendant aussi sur le ponton.

— Comme tu voudras, concède Yann, d'une moue étonnée.

Gilles revient en portant son pantalon de ciré, d'un rouge très vif. En désignant le petit sac marin qu'il tient en bandoulière, il explique avoir pris une serviette et un pull de rechange.

— Avec l'orage qui menace, je préfère prévenir que guérir. J'ai horreur de rester trempé.

Les deux hommes se parlent peu, ou juste en mots brefs pour la manœuvre.

— J'enlève la garde. On la laisse sur le ponton ? demande Gilles, l'amarre à la main.

— Oui, on laisse tout. On ramène le bateau à la même place, lui répond Yann.

Le bateau manœuvre aisément entre les pannes. À la barre, Yann met le cap sur le chenal. Tous deux ont envie de parler, d'homme à homme, mais aucun ne sait quand et comment lancer une discussion devenue inévitable.

Alors ils font semblant de s'occuper. Yann en essayant les instruments, et notamment le pilote automatique. Gilles en inspectant les drisses revenant sur le « piano », dans le cockpit.

À bord, l'ambiance est lourde, chargée de tant de reproches, d'accusations, de frustrations enfouies depuis de si longues années.

Les deux « amis » s'évitent quasiment du regard. C'est aussi la première fois qu'ils reviennent dans ce chenal des Sables-d'Olonne, rendu célèbre par le Globe Race. À tel point qu'on le surnomme les Champs-Élysées des marins. La dernière fois, c'était pour accompagner le bateau d'Erwan Sauzon dans un silence de cathédrale.

L'orage pointant ses cumulonimbus noirs, le vent a tourné au sud-est en fraîchissant.

— Je prends le premier ris. On peut envoyer dans le chenal si tu veux, on est bout au vent, interroge Gilles.

— Oui, vas-y. Prends le winch électrique, conseille Yann.

La grand-voile noire, ornées de lettres et de chiffres jaunes, monte rapidement, alors que le bateau passe à la hauteur de la tour d'Arundel, sur tribord, côté La Chaume. Le vent monte subitement à 20 nœuds, en rafales.

— On va plutôt dérouler la trinquette, sinon on va partir en vrac dès le premier bord, prévient Yann.

La mer est haute. En sortant du port, le Ska 40 pointe son étrave vers la petite rade, tribord amures. Gilles Mauric borde la trinquette, qui prend le vent de suite. Le bateau gîte et file très rapidement parallèlement au remblai, à la plage et aux immeubles de front de mer. La lumière diminue au fur et à mesure qu'approche le premier gros nuage.

Tout à coup, le vent monte subitement et les premières et lourdes gouttes d'orage commencent à tomber. Yann choque d'un coup l'écoute de la puissante grand-voile, qui se met à faseyer, dans un bruit de claquement de toile.

— On vire, prévient Yann, au moment où un rideau de pluie s'abat sur le bateau.

Alors qu'il met le cap au près serré sur la bouée sud du Nouch, Yann Sauzon choque encore un peu plus la grand-voile dans une violente rafale. Le visage trempé, il fixe longuement Gilles Mauric, les yeux dans les yeux :

— Gilles, dis-moi ce qui s'est vraiment passé durant la dernière nuit. Si tu sais quelque chose à propos de la mort d'Erwan, il faut tout me raconter, maintenant, hurle-t-il dans le vent.

Alors que le voilier part au lof dans une survente, Gilles s'approche de Yann, avec une démarche rendue difficile par les coups de gîte.

— Ah tu veux savoir, crie Gilles, le visage déformé par la rage, le vent et la pluie battante. Ça fait si longtemps que je veux te dire tes quatre vérités, espèce de salaud. Tu m'as trahi avec ma femme et maintenant j'ai la preuve que tu m'as aussi volé mon enfant. Tu as tué le père que je croyais être.

Les muscles de ses mâchoires sont saillants. Une veine barre son front, prête à exploser tant Gilles semble hors de lui, emporté par une colère venue de la nuit des temps, de tant de nuits à se ronger les sangs et préparer sa vengeance.

— Calme-toi, Gilles. Je ne veux rien te voler du tout. Yves est ton fils et le restera, sauf que maintenant il a deux pères. Comportons-nous en hommes, pour son bien.

La foudre tombe sur la pointe de l'Aiguille, dans un bruit d'enfer. Gilles ne semble plus écouter ni entendre Yann. Ses yeux sont devenus fous dans la lumière blanche d'un éclair.

— J'ai d'abord voulu te tuer, Yann. Puis j'ai pensé qu'offrir une mort douce à ton fils avant que la maladie l'emporte serait le meilleur moyen de te faire souffrir toi, à petit feu, comme je souffre moi depuis que j'ai appris que tu m'avais volé mon fils.

À son tour, Yann s'emporte et hurle :

— Mais qu'as-tu fait, bon dieu ? Qu'as-tu fait ?

— Je l'ai empoisonné, avec un produit à base de jasmin sauvage. Il n'a pas souffert et toi pas assez encore !

Gilles Mauric récite presque mécaniquement ces phrases tant répétées dans ses nuits de rage. Il paraît comme possédé.

— Te voir au désespoir d'avoir perdu ton fils, comme j'ai perdu le mien, est la vengeance dont je rêvais. Mais maintenant il faut en finir, Yann.

Pris de panique face à la folie de son ami, Yann Sauzon attrape une manivelle de winch pour se défendre. Il la brandit à bout de bras. Gilles Mauric s'arrête soudain et sort un pistolet de la poche de son ciré. Yann tente de se jeter sur lui, fendant l'air et le vent à coups de manivelles. Trop tard, le coup est parti. Yann s'effondre dans le cockpit.

— Commissaire, j'ai peur, a crié Yves Mauric au téléphone, quelques minutes après avoir découvert le message de Gilles. Mon père est parti avec Yann en bateau. J'ai vraiment peur qu'ils se battent. Il peut être violent, vous savez.

— Ne t'inquiète pas Yves, j'appelle la gendarmerie maritime.

À bord de la vedette grise et bleue, barrée d'une ligne rouge, le commissaire Rochard essaie, en vain, de se protéger de la pluie et des embruns.

Très rapidement, le commandant de la vedette met le cap à toute puissance vers l'unique voilier naviguant en baie. Le bateau est bout au vent, à la dérive, les voiles faseyant.

En s'approchant presque bord à bord, Rochard voit Gilles Mauric se tenant debout, au-dessus d'un corps qu'il devine être celui de Yann Sauzon. Mais Gilles remonte et retourne peu à peu son arme, jusqu'à la placer sous son menton.

— Non, Mauric, ne faites pas ça, hurle Rochard, alors que la vedette des Affaires maritimes se place à couple du voilier.

Rochard et un gendarme s'apprêtent à sauter sur le bateau, lorsqu'un coup de feu retentit. Gilles Mauric s'effondre à son tour, en arrière, la tête près de la descente, rougie de son sang et de la pluie.

Revenu au commissariat, Rochard est happé par sa collègue Morin.

— Ça a été un carnage, me dit-on ?

— Oui, Gilles Mauric ne s'est pas raté, mais heureusement Yann Sauzon n'est que blessé à l'épaule. C'est spectaculaire mais ses jours ne sont pas en danger.

— Rochard, il va vous falloir du courage. Le petit est dans votre bureau. Il a l'air perdu, comme s'il s'attendait au pire.

Le commissaire pousse un long et profond soupir, avant d'aller annoncer la terrible nouvelle à Yves.

— Le pauvre, il aura gagné et perdu un père en moins d'une journée. Tiens au fait, Morin, j'ai eu la proc'. Elle est d'accord avec moi : révéler qu'Yves Mauric était à bord du bateau d'Erwan Sauzon durant tout le Globe Race ne sert en rien l'enquête. Nous sommes trois à le savoir, donc pas un mot à la presse, jamais. Vous êtes d'accord, Morin ?

— Ah parce qu'il était à bord ! répond-t-elle d'un rire nerveux.

— Merci Morin, la mer doit redevenir belle pour lui, quand le temps aura fait son œuvre.

Le portable du commissaire Rochard vibre dans la poche de son pantalon encore trempé. C'est un message de sa fille Éloïse, avec une photo d'un superbe voilier en alu dans la baie d'Ushuaïa. Et un seul mot barrant l'écran : « Quand ? »

— Et avec qui ? poursuit Rochard, silencieux, le visage de Florence Jaouen en tête…

Image de couverture : © STICHELBAUT Benoit / hemis.fr

Éditeur Servane Biguais
Coordination éditoriale Isabelle Rousseau
Conception graphique et mise en page
Studio graphique des Éditions Ouest-France
Photogravure Graph&Ti, Rennes (35)
Impression Sepec Numérique, Péronnas (01)

Édilarge SA, Rennes
ISBN : 978-2-7373-8481-3
Dépôt légal : mai 2021
N° d'éditeur : 10576.01.2,8.05.21

Imprimé en France
editions.ouest-france.fr